Lutz van Dijk • Verdammt starke Liebe



OMNIBUS

Foto: © Perry Tsang

## DER AUTOR

Lutz van Dijk wurde 1955 in Berlin geboren. Er war mehrere Jahre Lehrer an einer Sonderschule in Hamburg. Nach einem Zweitstudium (u. a. in Israel) und seiner Promotion zum Dr. phil. war er in der Lehrerfortbildung und im Anne-Frank-Haus in Amsterdam tätig. Der mit verschiedenen Preisen ausgezeichnete Jugendbuch- und Sachbuchautor, dessen Bücher in mehrere Sprachen übersetzt wurden, lebt und arbeitet seit 1992 als freier Schriftsteller in Amsterdam.

Die Arbeit an diesem Buch wurde gefördert durch ein Stipendium der Augustus-von-Platen-Stiftung des Fachbereichs Sprach- und Literaturwissenschaften der Universität/Gesamthochschule Siegen in Nordrhein-Westfalen.

»Verdammt starke Liebe« wurde 1992 mit dem Hans-im-Glück-Preis ausgezeichnet.

Von Lutz van Dijk ist bei OMNIBUS erschienen:

**Anders als du denkst – Geschichten über das erste Mal** (20342)

Bei Elefanten Press ist erschienen:

**Hartes Pflaster**
**Township Blues**
**Homosexuelle – Zwischen Todesstrafe und Emanzipation**

Lutz van Dijk

# Verdammt starke Liebe

Die wahre Geschichte
von Stefan K. und Willi G.

OMNIBUS

OMNIBUS

Band 20949

Der Taschenbuchverlag
für Kinder und Jugendliche
von Bertelsmann

*Umwelthinweis:*
*Dieses Buch wurde auf chlorfrei gebleichtem Papier gedruckt.*

Vom Autor durchgesehene und aktualisierte
Neuausgabe Mai 2001
Gesetzt nach den Regeln der Rechtschreibreform

Umschlagbild: Tobias Berger
Umschlagkonzeption: Klaus Renner
bm · Herstellung: Peter Papenbrok
Satz: Uhl + Massopust, Aalen
Druck: Presse-Druck Augsburg
ISBN 3-570-20949-0
Printed in Germany

10 9 8 7 6 5 4 3 2 1

# *Inhalt*

Stefan K. (16) im Juli 1941 in Polen

# Der letzte Sommer

8. Juli 1941. Den Tag werde ich nie vergessen. Es war im zweiten Kriegssommer in Polen – ein schöner, richtig heißer Tag. Mit ein paar Freunden war ich nach meiner frühen Arbeit als Laufbursche beim deutschen Bäcker Max Licht an die Weichsel zum Baden gefahren …

Als wir mittags am Flussufer angekommen waren, klebten alle Sachen am Leib von der großen Hitze. Nur flüchtig sondierten wir das Gebiet, um zu sehen, dass wir mit keinen Deutschen aneinander gerieten, womöglich noch mit Soldaten, die ebenfalls die heißen Tage zum Baden nutzten. Dann ließen wir alle Vorsicht außer Acht …

Andrzej, ein Nachbarjunge, hatte als Erster die Böschung erreicht, warf seinen kleinen Rucksack ins Gras, daneben sein Hemd und die kurze Hose, und schon war er mit einem Jubelschrei kopfüber im Wasser verschwunden. Kurz darauf waren wir mit ihm in den erfrischenden Fluten.

Während wir im Wasser herumtobten, merkten wir nicht, dass doch irgendwo eine Patrouille von zwei deutschen Soldaten in der Nähe gewesen sein musste. Wir tauchten einander gegenseitig unter und schrien nur so vor Vergnügen. Vielleicht schrien wir sogar unmäßig laut, weil derartige Unternehmungen so selten geworden waren in den vergangenen Jahren, in denen Krieg herrschte und Polen von der deutschen Wehrmacht besetzt war.

Jeder von uns hatte in dieser Zeit etwas eigenes Schlimmes erlebt, der eine mehr, die andere weniger – nur schlechter war es uns seitdem allen gegangen. Jetzt jedoch, beim Herumtoben in der Weichsel, beim Erfrischen im kühlen, klaren Wasser, war all das für einen Moment vergessen.

Und es war wieder Andrzej, der als Erster einen vom Ufer weit herüberragenden Ast als Sprungbrett für uns entdeckte und nackt, wie er war, mit einem übermütigen Salto voransprang. In dem Augenblick, als wir es ihm nachtun wollten und gerade Richtung Ufer schwammen, um zu dem Ast zu gelangen, brüllte plötzlich eine herrische Stimme in unmittelbarer Nähe: »Los, rauskommen! Sofort alle Mann raus aus dem Wasser und stillgestanden!«

»Alle Mann« – das waren der mutige, dünne Andrzej, der kleine Pawel und sein noch kleinerer Bruder Marek und ich, der längste von allen. Tropfend und vor Angst zitternd, nicht vor Kälte, stolperten wir vollends aus dem Wasser und blickten in Richtung der bärbeißigen Stimme. Jetzt erst zeigte sich hinter einem dichten Gebüsch der rundliche Besitzer dieses Organs mit seinem etwas jüngeren Begleiter: zwei deutsche Soldaten, die ihre Gewehre auf uns gerichtet hatten.

»Wisst ihr, was im Krieg mit Partisanen geschieht?«, bellte der Ältere erneut los, kaum dass wir alle aus dem Wasser waren und versuchten, irgendeine uns militärisch erscheinende Haltung einzunehmen. Aber mach das mal, klitschnass und splitternackt! Da ich von uns vieren am besten deutsch sprach, meldete ich mich zaghaft zu Wort:

»Aber, Herr, wieso denn Partisanen? Wir sind Kinder, die hier allein zum Baden hergekommen sind. Bitte geben Sie uns doch unsere Sachen, und wir werden sofort nach Hause gehen.«

Zum ersten Mal zeigte der Soldat ein Grinsen, wenn es auch nur höhnisch war:

»Ach, ›Baden‹ nennt ihr Ganoven heute eure konspirativen Treffen! Sagt bloß noch, ihr wisst nicht, dass es euch verboten ist, in der Öffentlichkeit eure Polackensprache zu benutzen?«

Darauf wollte er also hinaus – ich musste mich beherrschen, um mir nicht unwillkürlich an den Kopf zu fassen wegen dieses Unsinns. Ja, es stimmte, es gab da diese Anordnung, dass wir in Gegenwart von Deutschen nicht polnisch sprechen durften – aber hier waren doch bis vor wenigen Minuten gar keine gewesen! Vielleicht fand der Ältere es auch einfach komisch, ein paar polnische Jungen zu schocken. Doch wie sollte es nun weitergehen?

Zum Glück schien sein Begleiter nicht das gleiche Vergnügen zu empfinden. Er flüsterte ihm etwas ins Ohr, worauf dieser zustimmend nickte. Dann schrie er erneut im Kasernenton in unsere Richtung:

»Wir werden euch dieses eine Mal noch ziehen lassen. Aber merkt euch in Zukunft: Polen gibt es nicht mehr – das hier ist jetzt wieder Westpreußen und gehört zum Großdeutschen Reich! Habt ihr das verstanden?«

Andrzej und ich nickten. Als wir sahen, dass Pawel und Marek nur stumm vor sich hin starrten, boxten wir sie in die Seiten, damit sie auch nickten.

Endlich schienen die beiden ihre Vorstellung beenden zu wollen. Doch es war ihnen noch ein besonderer letzter Einfall gekommen. Sie hatten wohl Andrzejs Rucksack erspäht und stopften nun alle Kleidungsstücke, die sie von uns herumliegen sahen, in diesen Rucksack. Zuletzt ergriff einer von ihnen einen schweren Stein, der am Ufer lag, und verschnürte ihn ebenfalls darin. Dann schleuderten sie den nun prallen Rucksack, so weit sie konnten, zur Mitte des breiten Weichselstromes hin, wo er, nachdem er eine große, blubbernde Luftblase abgegeben hatte, augenblicklich versank …

Warum erzähle ich das eigentlich so ausführlich? Schließlich war ja alles noch mal eher gut abgelaufen. Marek und Pawel heulten zwar noch ein bisschen, aber Andrzej und mir gelang es schließlich doch, nach über einer Stunde, mit einem Hanfseil unseren Rucksackschatz aus der Tiefe zu bergen. Das Tollste war noch, dass die beiden Soldaten Pawels kleine Boxkamera übersehen hatten, die er vor dem Schwimmen an einer schattigen Ecke sorgsam abgelegt hatte. Und so ist am späteren Nachmittag etwa einhundert Meter weiter das kleine Foto entstanden, das ich euch eben zeigte (siehe Seite 6). Der kleine Marek war auf einem Hügel abgestellt zum Aufpassen, während wir anderen drei ein paar feucht gewordene Brotkanten aufbrieten und dazu frische Himbeeren aßen.

Während wir in unseren schon fast trockenen Sachen im Gras saßen und das leckere Mahl genossen, musste ich wieder daran denken, was der Soldat gebrüllt hatte: Polen gibt es nicht mehr!

Polen gibt es nicht mehr! Polen gibt es nicht mehr! Dieser Satz ist in meiner Erinnerung bis heute fest verbunden mit jenem Tag im Spätsommer 1939, als ich erfuhr, dass ich nie wieder eine Schule besuchen dürfte.

Im Frühsommer 1939 hatte ich mit vierzehn Jahren gerade die sieben Klassen der polnischen Volksschule absolviert. Ich war ein ziemlich guter Schüler gewesen – das kann ich ja heute als alter Mann sagen. In der Schule war wenigstens immer etwas los. Außerdem mochte ich gern lesen und am liebsten mochte ich Musik. Im Musiksaal unserer Schule stand ein uralter Konzertflügel, den unser fröhlicher, junger Klassenlehrer einmal von einer entfernten Tante geerbt und uns gestiftet hatte. Darauf konnte er schön und mit so großer Begeisterung spielen, dass es nicht selten vorkam, dass die ganze Klasse das Läuten überhörte und vergaß, nach Hause zu gehen.

Es war dieser junge Herr Scibarski, der eines Tages

meinen Vater in die Schule bat und zu ihm sagte: »Wissen Sie eigentlich, dass eine musische Begabung in Ihrem Sohn steckt? Er muss unbedingt auf ein Gymnasium, damit alle seine Fähigkeiten angemessen gefördert werden!«

»Aha«, brummte mein Vater. Er kratzte sich etwas unsicher am Hinterkopf und faltete dann seine zerbeulte Eisenbahnermütze sorgfältig zusammen und wieder auseinander. Dann schaute er mich an: »Und was willst du, Junge?«

Ich war genauso unsicher wie Vater, hatte aber leider keine Mütze zum Zusammenfalten. Weder Vater noch Mutter hatten in den vier Volksschuljahren ihrer Kindheit richtig lesen und schreiben gelernt. Immerhin waren sie auf einer deutschen Schule gewesen und so waren wir von früh an zweisprachig erzogen worden. Vater hatte später den Beruf eines Eisenbahnarbeiters bei der Güterabfertigung in Toruń gelernt. Mutter war eine ungelernte Arbeiterin geblieben.

Beide hatten uns den katholischen Glauben gelehrt, was für mich von früh an mit einer schönen und einer nicht so schönen Erfahrung verbunden war: Jeden Abend vor dem Schlafengehen betete Mutter mit jedem Einzelnen von uns fünf Kindern. Danach hatte sie immer noch ein paar Minuten Zeit, wo sie sich unsere großen und kleinen Sorgen anhörte und mit uns beriet, was jeweils am kommenden Tag getan werden sollte. Das war die schöne Erfahrung.

Nicht so schön war, dass wir jeden Sonntag in so genannte gute Kleider gesteckt wurden für den Kirchgang. Nicht allein, dass diese steifen Hosen und Kragen entsetzlich kratzten auf der Haut, auch war Mutters ganze Freundlichkeit verschwunden, kaum dass dieses Folterzeug uns einhüllte. Dann sauste sie aufgeregt um uns herum, zerrte an schief sitzenden Manschetten und Kragen und warnte uns mit wildesten Drohungen vor der kleinsten Beschmutzung. Nie konnte ich glauben, dass das der liebe Gott wollte, als er den Sonntag geschaffen hatte …

So schaute ich nun meinen Vater ratlos an und sagte schließlich etwas, das wohl jeden anderen armen Vater, der jeden Pfennig zweimal umdrehen musste, eher abgeschreckt hätte: »Ich möchte so gern richtig singen lernen und einmal Sänger werden!«

Nicht so mein Vater! Anders als Mutter, die wegen unserer Armut ab und zu panische Zustände bekam, hatte sich Vater immer einen Sinn für das »wahre Leben«, wie er es nannte, bewahrt. »Das wahre Leben ist nicht nur Ackern und Schuften und Geld zusammenkratzen«, so sagte er manchmal zum Ärger von Mutter auch in unserer Gegenwart, »sondern das wahre Leben, das sind die schönen Dinge.« Dabei grinste er wie ein Schuljunge, und es blieb unserer Phantasie überlassen, welche »schönen Dinge« er jeweils meinte. Jetzt erfuhr ich, dass für ihn zu meinem Glück auch das Singen dazugehörte.

Zu Herrn Scibarski gewandt, meinte er jedenfalls fröhlich: »Gut, Herr Lehrer, soll der Stefan mal seine musischen Begabungen schulen, nicht?« Und ernst fügte er noch hinzu: »Aber Sie müssen ihm dabei auch ein wenig helfen! Meine Frau und ich wollen ihn kleiden und ernähren, aber bei der Schule helfen können wir nicht …«

So kam es, dass ich in diesem Sommer 1939 oft bei Herrn Scibarski in seiner kleinen, gemieteten, schattigen Stube saß, während die anderen Kinder schon ihre Ferien genossen. Ich büffelte für die Aufnahmeprüfung des staatlichen Toruňer Gymnasiums, Herr Scibarski nahm dafür nicht einen Złoty von meinen Eltern, obwohl es schließlich auch seine Ferien waren.

Anfang August war endlich die Aufnahmeprüfung. Die ganze Nacht hatte ich kein Auge zugetan und schlich am anderen Morgen blass und mit schweißnassen Händen zum ersten Mal durch das beeindruckend große Portal des Gymnasiums. Unten war auf eine Stelltafel mit Kreide notiert: »Aufnahmeprüfungen im Zeichensaal!« Da ich keine Ahnung hatte, wo der Zeichensaal war, schaute ich mich fragend um und sah eine kleine Gruppe blasser Jungen eine der großen Treppen hinaufgehen. Da sonst niemand im Schulhaus war, lief ich ihnen einfach hinterher.

Im Zeichensaal wurden wir jeder an einen Tisch gesetzt, der so großen Abstand zum nächsten Tisch hatte, dass man sich nichts zuflüstern konnte. An die Gesichter der anderen Kinder erinnere ich mich kaum noch. Mir scheint, dass wir alle gleich ausgesehen haben, jedenfalls machte die Prüfungsangst uns alle zu ähnlich mausgrauen, verschüchterten Erscheinungen.

Auch habe ich keine Erinnerung, was nun eigentlich geprüft wurde. Dagegen spüre ich noch heute, dass meine Finger so verschwitzt waren, dass ich Mühe hatte, den Stift richtig zu halten, und dass alle meine Blätter leichte Wellen von der Feuchtigkeit meiner Hände aufwiesen, als ich sie endlich abgab. Am Ende wusste ich kaum noch, wie ich hieß …

Von den folgenden zwei Wochen weiß ich nur, dass ich in völliger Erschöpfung die meiste Zeit irgendwie vor mich hin dämmerte. Das heißt, ich machte weiter meine normalen Arbeiten wie Zeitungen austragen und Aushelfen bei einem Gärtner, mit denen ich auch sonst ein wenig für unsere Familie dazuverdiente, aber ich tat alles in einem Zustand geistiger Betäubung. Nur so kann ich erklären, dass ich in jenem heißen Sommer 1939 nicht wirklich mitbekam, was um mich herum geschah.

Ich erwachte erst aus diesem Zustand, als ich in der vorletzten Augustwoche endlich das Ergebnis der Prüfung erfuhr. Zuerst war es nur eine Erlösung, dass die Zeit des Wartens vorbei war – allmählich drang auch der Bescheid zu mir durch, dass ich bestanden hatte und zum neuen Schuljahr aufgenommen war.

Vater und Mutter und selbst meine Geschwister sahen mich so stolz an, dass ich mich fast ein wenig schämte.

»Freue dich einfach, Stefan!«, meinte Vater zu mir. »Wegen einer besseren Schule ist man sicher kein besserer Mensch. Aber etwas einfacher hat man es vielleicht doch mal im Leben …«

Und Mutter, die doch sonst immer zuerst Ängste entwickelte wegen des fehlenden Geldes, sagte mit fester Stimme:

»Morgen gehen wir zum Schneider und dort werden wir dir eine neue Schuluniform kaufen. Niemand soll sehen, dass du aus einem armen Elternhaus kommst!«

Langsam taute ich aus meiner Erstarrung wieder auf. Am meisten freute mich, dass mein älterer Bruder Mikolaj, der eigentlich ein viel ehrgeizigerer Junge war als ich und leider nicht für eine höhere Schule vorgeschlagen worden war, überhaupt nicht gekränkt oder eifersüchtig war. Eines Abends vor dem Schlafengehen kam er noch einmal rüber zu meinem Bett, kniete sich daneben und legte mir einen kleinen Umschlag auf mein Kopfkissen:

»Hier, nimm mal – ich bekomme doch schon ein bisschen Lohn, und du wirst ja nun noch 'ne Weile armer Schüler bleiben und kannst es sicher brauchen!«

In dem Umschlag waren ein paar Złoty-Münzen – keine große Summe, aber doch so viel, dass ich wusste, dass er dafür beinahe eine Woche arbeiten musste.

»Danke, Mikolaj, ich werde dir das nie vergessen!«

Er klopfte mir nur sanft auf die Schulter: »Ich freue mich mit dir, ehrlich! Du weißt, dass ich auch gern weiter zur Schule gegangen wäre, aber in den letzten Wochen denke ich schon manchmal, vielleicht ist es in diesen Zeiten besser, wenn man einen Beruf gelernt hat …«

Damit erhob er sich, um zu seinem Bett zu gehen. Ich hörte im Dunkeln, wie er sich aufs Bett legte, ohne sich zuzudecken.

»Mikolaj, was meinst du mit ›diesen Zeiten‹?«, fragte ich noch einmal leise zu ihm hinüber.

»Es gibt viel Hass und viele gegenseitige Drohungen in der Welt – in den letzten Tagen vor allem zwischen Deutschland und Polen. Wir sind ein kleines Land zwischen dem großen Deutschland im Westen und der großen Sowjetunion im Osten. Ich hoffe nur, dass sich die Politiker wieder beruhigen und ihre Drohungen nicht wahr machen …«

Selten redete mein älterer Bruder so lange auf einmal. Ich spürte, dass er sich eigene Gedanken um die Welt gemacht hatte, und fühlte mich plötzlich ziemlich naiv in meiner Beschränktheit auf die Vorbereitung für die höhere Schule – das war meine ganze Welt in den letzten Wochen gewesen. Ich konnte nicht ahnen, dass diese Welt bereits in wenigen Stunden nicht mehr existieren sollte …

Am 30. August 1939, zwei Tage vor Beginn des neuen Schuljahres, kam schließlich die neue Schuluniform für mich. Der Schneider hatte meinen Eltern gestattet, den Anzug in 24 Monatsraten abzuzahlen. Mutter bestand darauf, dass ich ihn sofort anzog. Glücklich und entspannt, wie ich sie noch nie bei »guten Kleidern« erlebt hatte, umkreiste sie mich mehrfach und streichelte dabei den »hervorragenden Stoff« an allen möglichen Stellen.

»Wir müssen an seinem ersten Schultag unbedingt ein

Foto von Stefan machen lassen!«, meinte sie zu Vater gewandt, der seiner unerwartet leichtsinnig gewordenen Ehefrau sofort begeistert zustimmte: »Ja, Liebe, aber von dir wollte ich auch schon lange ein Foto und unsere anderen Kinder sollen nicht hintanstehen!«

Über Mutters Gesicht huschte ein kurzer, ernster Schatten. Dann lachte sie befreit und sagte: »Aber nur dieses eine Mal!«

Mein erster Schultag im Gymnasium hat nie stattgefunden. Dafür ist er in die Geschichte eingegangen. An jenem 1. September 1939 lagen wir noch ahnungslos in unseren Betten, als nördlich von unserer Stadt Toruń an der Mündung der Weichsel, genauer gesagt im Hafen von Danzig, ohne Kriegserklärung vom deutschen Linienschiff »Schleswig-Holstein« aus auf das polnische Festland gefeuert wurde.

Ein paar Stunden später erklärte der deutsche Regierungschef Adolf Hitler, der so genannte Führer, im Rundfunk: »Seit heute Morgen um 5.45 Uhr wird zurückgeschossen!« Dabei log er gleich zweimal, wobei das eine vielleicht wirklich nur schlichte Unkenntnis war. Nicht um 5.45 Uhr, sondern um 4.45 Uhr war der Angriff im Hafen von Danzig erfolgt, für den er bereits am Vortag, mittags um 12.40 Uhr, den geheimen Befehl gegeben hatte.

Zum anderen war es ein Angriff und keine Verteidigung, wie er mit dem Wort »zurückgeschossen« vorgeben wollte. Den Vorwand für den Angriff hatten die Nazis selbst geliefert: In der Nacht zum 1. September hatte es einen bewaffneten Überfall auf den deutschen Grenzsender in Gleiwitz gegeben. Nach dem Krieg stellte sich heraus, dass es von den Deutschen gedungene Banditen gewesen waren, die diesen Überfall vorgespielt hatten.

Wir wurden an diesem Morgen nicht wie sonst vom sanften Rütteln unserer Mutter geweckt, sondern vom Dröhnen schwerer deutscher Militärflugzeuge, die über unsere Siedlung hinwegdonnerten. Mikolaj war als Erster auf den Beinen und starrte aus dem weit geöffneten Fenster zum Himmel.

»Jetzt geht es los, Stefan!«, sagte er leise zu mir, als ich neben ihm stand und sah, wie er seine Erregung zu verbergen suchte durch tiefes Ein- und Ausatmen. Sein kräftiger Brustkorb hob und senkte sich, aber er sprach den ganzen Morgen kein weiteres Wort.

Dafür redete Mutter umso aufgeregter: »Was soll das denn jetzt! Du lieber Gott, sind die Menschen endgültig verrückt geworden?«

Irgendwann erinnerte sie sich an das, was wir heute eigentlich vorgehabt hatten: »Also, das geht nicht, wir müssen doch heute zum Fotografen! Stefan, du ziehst jetzt sofort deine neue Schuluniform an!«

Fragend schaute ich zu Vater. Er bedeutete mir stumm und ernst, dass ich ihn für eine Weile mit Mutter allein lassen sollte. Kurz darauf hörten wir fünf Kinder, die wir alle im Nebenzimmer hockten, wie Mutter laut aufschluchzte, und dazwischen immer wieder Vaters Stimme, scharf und entschlossen. Als sie endlich herauskamen, sagte Vater: »Ich gehe jetzt mal zu unseren Nachbarn. Die haben ein Radio, und ich hoffe, wir werden bald Genaueres wissen. Beruhigt Mutter, Aufregung ist jetzt fehl am Platz.«

Mutter saß stumm auf dem Ehebett und schniefte leise in ein Taschentuch …

Endlich kam Vater zurück.

»Krieg! Es ist tatsächlich Krieg! Unsere Regierung fordert alle Männer auf, sich sofort zu melden. Für die Verteidigung unserer Hauptstadt Warschau sollen allein 120 000 Mann zusammengezogen werden! Ich werde mich noch heute beim Rathaus melden!« Dann schaute er fragend Mikolaj an.

»Ich bleibe bei Mutter!«, sagte Mikolaj sehr leise und ernst. Er sagte es so eindringlich, dass Vater nur einen Moment zögerte und ihm dann mit ungewohnter Feierlichkeit die Hand gab: »Gut, Junge, dann kann ich beruhigt los, wenn ich weiß, dass du hier bist!«

Die neue Schuluniform blieb an diesem Tag im Schrank hängen. Sie blieb auch die folgenden sechs Wochen dort. In diesen Wochen fielen etwa 70 000 Polen in den Kämpfen. Von Vater erhielten wir die ganze Zeit über keine Nachricht. Am 17. September floh die bisherige polnische Regierung außer Landes. Die noch verbliebenen 116 Flugzeuge der Luftstreitkräfte nahm sie gleich mit. Trotzdem kämpften viele polnische Soldaten noch weiter bis Anfang Oktober, weil allen klar war, was nach der Niederlage folgen würde. Am 6. Oktober 1939 kapitulierten die letzten polnischen Einheiten.

Am Abend jenes 6. Oktober gab Mutter mir meine Schuluniform aus dem Schrank, wobei sie sie sorgfältig in einen Bogen Papier einschlug:

»Stefan, polnischen Kindern ist ab sofort der Besuch aller höheren Schulen untersagt. Die freien Plätze werden an deutsche Schüler vergeben. Lauf schnell zum Schneider und sage ihm, dass die Uniform noch völlig unbenutzt ist. Vielleicht nimmt er sie noch zurück und wir verlieren nur die erste Monatsrate …«[1*]

Auf dem Weg zum Schneider kam ich an einer Gaststätte vorbei, die vor allem von Deutschen besucht wurde. Aus den Räumen klang fröhliches Singen und Feiern bis auf die Straße. Es war ein milder Herbstabend, die Luft wie Seide, und die Abendvögel hatten gerade begonnen, sich auf ihre Lieder einzustimmen.

Ich ging mit meinem Paket unterm Arm langsam und mit schweren Schritten die Straße entlang, als ich hörte, wie ein Mann laut auf Deutsch grölte: »Polen gibt es nicht mehr! Leute, ein für alle Mal: Polen gibt es nicht mehr!« Dann ging seine Stimme im Jubel unter …

Es war ein milder Herbstabend, aber ich spürte die schöne Luft nicht und hörte auch keine Vögel mehr. Wenn nur Vater bald heil zurückkommen würde …

* siehe Anmerkungen ab Seite 169.

# *Ohne Zuhause*

Immer öfter kamen Todesmeldungen nach Toruń von Vätern und Brüdern, die in den Kämpfen gegen die deutsche Wehrmacht gefallen waren. Jedoch Vaters Name war nicht dabei. War er verwundet? War er in Gefangenschaft geraten?

Mutter, die noch nie lange ohne ihren Mann gewesen war, hatte in den ersten Tagen wie gelähmt vor Entsetzen abgewartet und alles Kriegsgeschehen um sich herum wie einen Film betrachtet. Dann, nach gut zwei Wochen, war sie plötzlich aufgestanden, hatte sich energisch ihr noch immer schönes, langes Haar gebürstet, sorgfältig hochgebunden und schließlich zu uns Kindern gesagt:

»Vater wird wollen, dass wir uns nicht unterkriegen lassen!« Sie hielt einen Moment inne und lächelte zum ersten Mal, seit er unsere Wohnung verlassen hatte: »Wir dürfen nicht aufhören, daran zu glauben, dass die Zeiten auch für uns wieder besser werden!«

Zunächst blieben sie aber schlecht. Es war Mikolaj, der die nächste Hiobsbotschaft brachte:

»Pawels Bruder hat gesagt, dass sie unseren Vater zur Zwangsarbeit nach Deutschland verschleppt haben. Er war zuerst in der gleichen Kolonne wie Vater, aber dann haben sie ihn ziehen lassen, weil er noch so jung und etwas kränklich war …«

»Aber wohin denn, in Gottes Namen?«, wollte Mutter wissen. »In welche Stadt in Deutschland haben sie ihn verschleppt?«

Mikolaj zuckte mit den Schultern: »Keine Ahnung. Deutschland ist groß. In irgendeinen kriegswichtigen Betrieb oder in die Landwirtschaft. Pawel sagte, dass dies nur für die Dauer des Krieges geplant sei. Danach könnten alle Zwangsarbeiter sofort wieder nach Hause.«

Wir konnten damals schließlich nicht wissen, dass ein Ende des Krieges noch in ferner Zukunft lag und kaum die Hälfte aller Zwangsarbeiter je nach Polen zurückkehren würde.[2]

Mikolaj wusste noch zu berichten, dass die Deutschen demnächst auch alle arbeitslosen Jugendlichen zur Zwangsarbeit einziehen wollten. Zu mir gewandt, sagte er in ernstem Ton:

»Stefan, ich habe meine Lehre – aber du? In den Augen der Deutschen bist du kein Schüler mehr. Du musst dir gleich morgen eine Arbeit suchen. Egal, welche, nur dass du überhaupt eine Stelle nachweisen kannst!«

Am nächsten Morgen wartete aber schon der nächste Schreck auf uns. Noch vor dem Aufstehen – es kann noch nicht sechs Uhr früh gewesen sein – donnerten plötzlich Schläge gegen unsere Wohnungstür. Mutter war als Erste auf und lauschte mit bleichem Gesicht in den Hausflur. Durch die geschlossene Tür waren die Schritte von mehreren Soldatenstiefeln zu vernehmen, und wir hörten, wie mit Gewehrkolben an alle Wohnungstüren geschlagen wurde. Jetzt verstanden wir auch die Rufe:

»Los – aufmachen! Ihr habt bis heute Mittag eure Wohnungen zu räumen! Hier werden ab sofort anständige deutsche Familien wohnen. Wer nicht freiwillig geht, den holen wir!«

Als Mikolaj die Tür aufreißen wollte, hielt Mutter ihn gerade noch zurück: »Warte, Junge, vielleicht gehen sie ja erst mal wieder!« Insgeheim bewunderte ich Mikolajs Mut: Ich sah, wie er zornig die Augenbrauen zusammengezogen und alle Muskeln seines kräftigen Oberkörpers angespannt hatte. Kein Zweifel – Mikolaj, der sonst jedem Streit und Kampf aus dem Wege ging, war bereit, unser Zuhause zu verteidigen. Mit seinem Leben.

Zum Glück behielt Mutter Recht. Die Soldaten brüllten noch irgendwelche Kommandos, aber da ihr Auftrag offensichtlich nur lautete, die Räumung zu befehlen, und sie noch einige Häuser vor sich hatten, zogen sie schließlich weiter, ohne dass auch nur einer unserer Nachbarn die Wohnungstür geöffnet hätte.

Inzwischen waren auch unsere jüngeren Geschwister aufgewacht und kamen schlaftrunken in den Flur. Die kleine Dana sah Mutters und Mikolajs traurige Gesichter und fing sofort an zu weinen. Mutter nahm sie auf den Arm und tröstete sie mit leisen Worten. Mikolaj und mich bat sie, das Frühstück zu bereiten. »Dann kann ich doch schon ein paar der wichtigsten Dinge für die Kleinen zusammenpacken …«

Mikolaj blieb auf dem Weg zur Küche abrupt stehen und starrte Mutter verbittert an: »Das werden wir nicht tun, Mama!« Doch Mutter war sichtlich nicht gewillt, mit ihm darüber zu diskutieren: »Du machst, was ich gesagt habe, Mikolaj! Was bist du doch noch für ein Kindskopf – willst du etwa mit Stefan und mir gegen die Soldaten kämpfen?« Damit ließ sie uns einfach stehen und verschwand im Mädchenzimmer.

Während des gesamten Morgens sprach Mikolaj kein weiteres Wort. Als es Zeit wurde, dass er zu seiner Arbeit kam, legte Mutter ihm versöhnlich eine Hand auf die Schulter: »Vater hätte auch nichts Leichtsinniges getan, glaube mir. Du gehst jetzt zu deiner Arbeit und fragst deinen Meister, ob du uns mittags beim Umzug helfen kannst. Ich werde Tante Olga fragen, ob wir bei ihr fürs Erste unterkommen können.«

Gleich nach dem Frühstück ging ich zu Tante Olga, die ich nicht besonders mochte, weil sie immer ziemlich angab. Sie lebte in einem anderen Stadtteil in einer größeren Wohnung allein, seit ihr Mann vor zwei Jahren gestorben war. Ich fand sie in heller Aufregung vor:

»Das ist ja wohl nicht zu fassen! Kannst du dir vorstellen, dass die Deutschen eine rechtschaffene alte Frau einfach auf die Straße setzen wollen? Gut, dass du vorbeikommst. Du kannst mir gleich beim Packen helfen, Stefan. Ich kann doch sicher bei euch ein paar Tage bleiben?«

Ich hatte Mühe, wieder von ihr wegzukommen. Aber

auf keinen Fall wollte ich Mutter und die Geschwister länger als unbedingt notwendig allein lassen. Als ich wieder daheim war, hatte Mutter schon alle Koffer mit Kleidungsstücken gepackt und begann gerade, Geschirr in Papier zu wickeln und in einigen alten Pappkartons zu verstauen. Sie wusste bereits eine andere Neuigkeit: »Unser Nachbar erzählte mir gerade, dass wir nicht auf die Straße gesetzt werden, sondern in kleinere Wohnungen umquartiert werden sollen.«

Noch vor Wochen hätte Mutter bei so einer Nachricht eine mittelschwere Herzattacke bekommen. Jetzt nahm sie ihre ganze Kraft zusammen, damit sie uns trösten konnte: »Siehst du, Stefan, zu Tante Olga wolltet ihr ja sowieso nicht, und für eine gewisse Zeit etwas enger zu wohnen, ist nun wirklich kein Weltuntergang!«

Was »etwas enger« bedeuten sollte, erfuhren wir bald darauf: Bisher hatten wir im Eisenbahnerwohnblock mit Vater, Mutter und fünf Kindern eine einfache, aber doch geräumige Dreizimmerwohnung mit Küche und Bad bewohnt. Nun mussten wir mit einem einzigen Zimmer in einem alten und heruntergekommenen Landarbeiterhaus auskommen – ohne fließendes Wasser, von einem Bad ganz zu schweigen. Das Klo war auf dem Hof und von dort musste auch das Wasser geholt und nach Gebrauch wieder hingebracht und ausgeschüttet werden. Die Hälfte der gepackten Kartons mussten wir in unserem alten, schönen Zuhause zurücklassen, weil einfach kein Platz mehr in dem engen Zimmer war. In die Wohnungen im Eisenbahnerwohnblock sollten in den nächsten Tagen deutsche Familien einziehen.

Mutter tat alles, um in der ersten Nacht unseren Kummer zu zerstreuen. Sie war beinahe etwas übermütig in ihrem Bemühen, uns deutlich zu machen, dass alles noch viel schlimmer hätte kommen können:

»Seht mal, der alte Tadeusz aus dem ersten Stock hat einen Herzanfall bekommen von dem ganzen Geschleppe … und die eine Familie aus dem Nachbarhaus gegenüber, die haben sie allesamt abgeführt, weil sie bei denen angeblich irgendwelche verbotenen Schriften gefunden haben … und die Kleine von gegenüber, die jeden Tag ihr erstes Kind erwartet …«

»Hör auf, Mutter!«, fuhr ihr Mikolaj plötzlich laut dazwischen. »Es ist so schon erniedrigend genug, du musst es nicht noch schlimmer machen!«

Mutter hielt vor Erstaunen noch eine Sekunde ihren Mund geöffnet. Dann klappte sie ihn zu, ohne Mikolaj zu widersprechen. Sie sah ihn lange, fast zärtlich an.

In der ersten Nacht in der neuen Unterkunft machte ich kaum ein Auge zu. Auch Mikolaj warf sich stundenlang unruhig auf seiner Decke herum. Muffig und feucht war es in dem kleinen Raum. Mutter schien wenigstens zu schlafen, vielleicht gab sie es aber auch nur vor. Während ich mit offenen Augen in die Dunkelheit starrte, spürte ich mit einem Mal ein überwältigend wehes Gefühl in meiner Brust. Erst die plötzliche Trennung von Vater und jetzt auch noch der Verlust unseres Zuhauses.

Ich spürte, wie mir plötzlich Tränen die Wangen herunterliefen. Niemand merkte etwas.

Am nächsten Morgen war Mikolaj als Erster auf den Beinen, weil er es von hier aus weiter zu seiner Arbeit hatte als vorher. Er war noch keine halbe Stunde weg, als er plötzlich atemlos wieder in der Tür stand und aufgeregt meinen Namen rief:

»Stefan, Stefan! Los, komm schnell – aufstehen! Bei einem deutschen Bäcker hier in der Nähe ist eine Stelle als Laufbursche frei – er hat das Schild gerade herausgehängt, als ich vorbeikam!!«

So schnell ich konnte, schlüpfte ich in meine Kleider, fuhr mir nur einmal mit einem nassen Kamm durch die Haare und lief an seiner Seite die Straße hinunter.

Tatsächlich war ich dank Mikolajs schneller Reaktion der erste Bewerber. Licht hieß der hagere, schon etwas ältere und leicht brummige Bäckermeister, Max Licht. Er schaute mich eine Weile skeptisch an und fragte nach Vater und Mutter. Ich erzählte, dass Vater noch nicht aus dem Krieg zurück sei und Mutter allein fünf Kinder zu ernähren habe.

»So, so«, meinte er und schien irgendwie noch nicht überzeugt. In diesem Moment kam seine Frau in den Laden – und jetzt ging wirklich ein Licht auf: Sie war mindestens zwanzig Jahre jünger als er, hatte glänzendes, blondes Haar und entlockte nicht nur ihrem Mann ein Lächeln, sondern unwillkürlich auch mir.

»Guten Morgen allerseits!«, rief sie mit fester Stimme aus. Mir gab sie sogar die Hand und meinte fröhlich: »Du bist also unser neuer Bursche! Willkommen! Wie heißt du denn? Stefan? Den Namen mag ich!«

Ihr Mann räusperte sich und versuchte, sie zurückzuhalten: »Na, langsam, der Junge hat sich gerade vorgestellt und …« Aber da fiel sie ihm schon ins Wort und entschied die Situation endgültig zu meinen Gunsten: »Sag mal, Max – so ein hübscher Junge! Da werden sich alle Kunden freuen. Den wirst du doch nicht wegschicken?«

Während dieser Worte hatte sie mir einmal verstohlen zugezwinkert. Dass dieses Zwinkern mehr bedeutete, sollte ich erst später merken. In dem Moment war ich mächtig froh. Hilfsbereite Deutsche, die offensichtlich keine Vorurteile gegenüber Polen hatten, gab es also auch.

Ab jetzt musste ich jeden Morgen, außer sonntags, als Erster aufstehen. Bereits um halb fünf Uhr früh, wenn es noch stockdunkel in der Stadt war, klopfte ich an die Hintertür der Backstube. Zunächst sortierte ich die verschiedenen Bestellungen und packte sie zusammen. Spätestens um halb sechs fuhr ich dann mit meinem Lieferfahrrad für die erste Tour vom Hof.

Wenn ich gegen sieben Uhr von meiner ersten Tour zurückkam, gab es ein gemeinsames Frühstück, bei dem auch Frau Licht meistens auftauchte. Ich spürte, dass mich allmählich auch ihr Mann zu mögen begann – wahrscheinlich, weil ich zuverlässig war und nie Klagen von Kunden kamen. Ich war etwa einen Monat bei ihm, als er mich einmal mittags, kurz bevor ich Feierabend hatte, in die Backstube zurückrief:

»Sag, Stefan – wie viele Kinder seid ihr zu Hause? So – fünf Kinder? So, so … na, dann nimm mal die beiden großen Brote hier mit. Wird sich Mutter drüber freuen, was?«

So ging es von da ab jeden Tag. Immer durfte ich von den Brotresten, die mittags noch übrig waren, welche mit nach Hause nehmen. Das war ein großer Schatz damals, denn inzwischen erhielten wir Polen Lebensmittel nur noch auf Karten zugeteilt. Und das war so wenig, dass Mutter immer größere Schwierigkeiten hatte, uns satt zu bekommen.

Manchmal lud mich Frau Licht auch noch zum Mittagessen ein. Die beiden hatten keine Kinder, und ich spürte, dass es ihr Freude machte, mich etwas zu verwöhnen. Dann strich sie mir manchmal nachdenklich durch das Haar und schaute ernst zu ihrem Mann hinüber. Sie wussten so gut wie ich, dass ich nur durch sie davor geschützt war, bei einem der nächsten Transporte ebenfalls zur Zwangsarbeit nach Deutschland geschickt zu werden. Immerhin war ich inzwischen fünfzehn Jahre alt.

Ab und zu schickte mich die Meisterin auch mal zum Einkaufen. Da ich inzwischen in der Nachbarschaft bekannt war, durfte ich auch in deutsche Geschäfte gehen, denn alle wussten, dass ich nicht für unsere Familie, sondern für das deutsche Bäckerehepaar einholte. Hin und wieder gab mir Frau Licht Briefe mit, die ich ein paar Monate lang bei einem jungen Schlossergesellen und später ab und zu bei einem Studenten abzugeben hatte. »Max braucht das nicht zu wissen!«, meinte sie dann verschwörerisch: »Das ist meine Privatsache.«

Es muss etwa im Herbst 1940 gewesen sein, als ich einmal eine unangenehme Erfahrung mit einigen deutschen Jungen in Toruǹ hatte, die inzwischen die Uniform der Hitlerjugend trugen: Kurze, dunkle Hosen mit Gürtel und Fahrtenmesser sowie ein braunes Oberhemd mit Kordel. Ich muss ehrlich gestehen, dass ich auch gern so etwas getragen hätte. Und bis zu diesem Tag geschah es schon mal, dass ich nicht ohne Neid hinter diesen Gruppen hersah, die offensichtlich kameradschaftlich und fröhlich miteinander herumzogen.

An diesem Tag nun kam ich mit einem vollen Einkaufskorb für Frau Licht aus dem Fleischerladen und musste nur noch zu dem Studenten, um wieder einen Brief abzugeben. Kaum war ich aus dem Geschäft, als drei Hitlerjungen, die nicht viel älter als ich gewesen sein können, direkt auf mich zumarschierten. Zum Abhauen blieb keine Zeit. Da fing der Erste von ihnen, ein schlanker, hoch aufgeschossener Junge mit braunen Locken, auch schon an: »Sag mal, Polacke, was fällt dir ein, bei uns Deutschen einzukaufen? Du bist doch Polacke, oder?«

Ich hielt den schweren Korb mit beiden Händen fest und sagte kein Wort. Vielleicht wollten sie ja nur ihre Sprüche ablassen und würden mich dann ziehen lassen.

Doch schon legte der Zweite von ihnen, ein Kleiner mit Brille, los: »Deine dreckige Mutter hat dir wohl kein Benehmen beigebracht, was?« Dabei schubste er mich so, dass das oberste Paket aus dem Korb in den Straßenschmutz fiel.

Als ich mich bücken wollte, um es wieder aufzuheben, gab mir der Dritte von hinten einen Tritt mit dem Fuß. Ich stürzte zwar nicht hin, aber der Einkaufskorb rutschte mir aus den Armen, und alles fiel zu Boden. Da packte ich wie in einem Reflex den mir am nächsten Stehenden – ich glaube, es war der mit den Locken –, riss ihm seine Kordel vom Hals und gab ihm eine schallende Ohrfeige.

Jetzt waren die drei nicht mehr zu halten: Sie schlugen und traten nach mir, bis ich spürte, wie mir Blut aus der Nase schoss, über Gesicht und Hals lief und bis auf meine helle Bäckerjacke tropfte. Ich versuchte, mich zu wehren, so gut es ging. Aber einer von ihnen konnte immer von hinten angreifen, sodass es vielleicht noch richtig schlimm ausgegangen wäre, wenn nicht irgendwann die Fleischersfrau aus dem Laden gekommen wäre und die Jungen zur Ordnung gerufen hätte. Es schien ihr jedoch mehr um die Störung ihrer Kundschaft gegangen zu sein, denn als die Bande weg war, würdigte sie mich keines Blickes, sondern knallte nur verärgert ihre Ladentür zu.

Als ich die beschmutzten Waren wieder einsammelte, bemerkte ich zu meinem Schrecken, dass auch der Brief von Frau Licht in einer Pfütze gelandet und triefend nass war. Die Tinte des Namenszuges auf dem Umschlag war verlaufen, und ich fürchtete, dass es vermutlich innen nicht viel besser aussah. Natürlich kannte ich die Anschrift des Studenten längst, aber wie würden beide auf mein Missgeschick reagieren?

Mit der ohnehin verdreckten, ehemals hellen Jacke reinigte ich mir notdürftig mein Gesicht und legte sie dann oben auf den Korb. Kurz darauf läutete ich bei dem jungen Mann, mit dem ich bisher nie mehr als einen kurzen Gruß gewechselt hatte. Als er die Tür geöffnet hatte und mich erblickte, schaute er zuerst erschrocken und dann sorgenvoll:

»Was haben sie denn mit dir gemacht? Komm mal rein und setz dich!«

Doch ich blieb ängstlich stehen und zeigte ihm zuerst den verdreckten Brief: »Ich bin überfallen worden von HJ-Jungen – dabei ist der Brief in den Dreck gefallen. Es tut mir Leid …«

Er schaute mir einen langen Moment tief in die Augen. Dann nahm er mich bei der Schulter und zog mich ins Zimmer. Dort goss er mir in ein Glas etwas Rotwein und reichte es mir: »Hier, trink – der wird dich wärmen … diese Banditen! Im Grunde alles arme Bengels, aber jetzt haben sie ein paar Orden und Kordeln, können ein bisschen kommandieren und schon spielen sie sich auf wie Kaiser Nero im alten Rom!«

Ich war sprachlos. Solche Worte hatte ich noch nie aus dem Munde eines Deutschen gehört. Der fand es wirklich und ehrlich ungerecht, wie ich behandelt worden war!

»Weißt du«, fuhr er dann nachdenklich fort, »du bist ja kein kleiner Junge mehr und weißt wahrscheinlich längst, warum deine Chefin dir ab und zu Briefe an mich mitgibt, nicht? Nein, nein, es ist nicht die große Liebe, nicht das … aber der alte Licht ist kein besonders zärtlicher Mann, und da ich mich oft noch einsam hier fühle … Ja, so ist das Leben manchmal …«

Klar hatte ich mir schon meine eigenen Gedanken gemacht. Aber ich konnte keine rechte Empörung verspüren. Obwohl ich von meinem Glauben her wusste, dass es nicht erlaubt war, wenn die beiden sich heimlich trafen und ich den Boten dafür spielte. Im Gegenteil: Frau Licht mochte ich vom ersten Moment an, als sie mir zuzwinkerte, und den jungen Studenten, der ein sanftes, freundliches Gesicht hatte und eine kräftige, männliche Figur, fand ich auf eine Weise anziehend, die mich verstörte.

Ich war gerührt von dem großen Vertrauen, das er mir entgegenbrachte, und nahm mir fest vor, die beiden um keinen Preis zu verraten. Bevor ich ging, gab er mir noch ein paar Zeilen an die Bäckersfrau mit, in denen er kurz notierte, was vorgefallen war.

»Hab keine Angst, sie wird nicht schimpfen!«, meinte er zuversichtlich beim Abschied. »Und falls du mal Hilfe brauchst, wenn du wieder belästigt wirst, dann weißt du jetzt, wo du klingeln kannst!«

Wie mochte es kommen, dass dieser junge Mann anders dachte als die meisten Deutschen? Und wie war es möglich, dass er noch nicht beim Militär war, wie inzwischen alle in seinem Alter?

Ich sollte es nie herausbekommen, weil er kurze Zeit später plötzlich von einem auf den anderen Tag verschwunden war. Meine Chefin schien ihn bald vergessen zu haben. Auf jeden Fall war ihr kein trauriges Gefühl anzumerken. Mir ging er noch lange nicht aus dem Kopf …

## *Aufregende Gefühle*

Im Januar 1941 veränderten kurz hintereinander drei Ereignisse für längere Zeit mein Leben: Es gab den ersten Krach mit Frau Licht, ich wurde sechzehn und … ach, das dritte …

Nachdem der Student plötzlich weg war, hatte ich eine Weile keine Botendienste mehr zu erledigen. Anfang 1941 blinzelte sie mir jedoch eines Morgens, kaum war ihr Mann in der Backstube verschwunden, wieder in bekannter Weise zu und ließ einen Briefumschlag in die Seitentasche des Einkaufskorbes sinken. Ich machte mir keine weiteren Gedanken und ging, wie früher, auf dem Rückweg bei der angegebenen Adresse vorbei.

Als ich an der Haustür schellte, öffnete eine junge, rundliche Frau. Ich war so überrascht, dass ich zuerst kein richtiges Wort herausbekam und schon wieder mit einer gemurmelten Entschuldigung verschwinden wollte. Aber sie hatte bereits den Briefumschlag mit dem Namen darauf erspäht und fuhr mich erregt an: »So, mein Kleiner, jetzt gib mal schön den Brief her – mein Mann hat keine Geheimnisse vor seiner Frau!«

Mein Kopf wurde so rot, als hätte *ich* ihrem Mann einen Liebesbrief geschrieben. Ich spähte noch Hilfe suchend in das Innere der Wohnung, aber vom eigentlichen Empfänger war weit und breit nichts zu sehen.

Während ich noch versuchte, den Brief in meinen Händen zusammenzudrücken und irgendwie verschwinden zu lassen, packte sie plötzlich meinen Arm und biss so kräftig in mein Handgelenk, dass ich unwillkürlich die Faust öffnete und der inzwischen arg ramponierte Brief zu Boden fiel. Blitzschnell bückte sie sich und ergriff ihn.

»Ihr denkt wohl alle, ich bin ein bisschen blöd, was?«, schrie sie nun in einer Mischung aus Triumph und Verzweiflung, ohne sich um einige Passanten zu kümmern, die unsicher in unsere Richtung spähten. Ja, war sie nun blöd oder ihr Mann – oder meine Chefin, die offenkundig bis jetzt nichts von der Existenz jener resoluten Dame gewusst hatte?

Sicher war, dass ich bestimmt Ärger bekommen würde. Verdrossen und ratlos stand ich noch vor der betrogenen Frau. Jeder Impuls zu fliehen war dahin. Auch sie wusste nicht, was sie noch mit mir anfangen sollte, nachdem sie den Beweis ihres lange gehegten Misstrauens in den Händen hielt. Für einen Moment sah sie fast mitleidig auf meinen Arm, an dem deutlich blutunterlaufene Bissspuren sichtbar wurden.

»Ich hasse Männer, die zu feige sind, die Wahrheit zu sagen!«, ließ sie mich zuletzt noch wissen und schloss dann langsam, beinahe bedächtig, die Tür. Ich konnte trotz ihrer kräftigen Schneidezähne ein gewisses Mitgefühl für sie nicht verhehlen. Nun aber galt es, meine Chefin schonend auf mögliche Folgen vorzubereiten.

Als wir nach dem Mittagessen endlich für ein paar Minuten ohne den Bäckermeister waren, rollte ich zuerst meinen Hemdsärmel hoch, um ihr so meinen Einsatz vor Augen zu führen und ihre persönliche Enttäuschung etwas abzumildern. Tatsächlich hatte sie keine Ahnung von der Existenz jener Frau gehabt. Nun schwebte sie jedoch in größten Ängsten, dass ihr eigener, nach wie vor ahnungsloser Mann etwas erfahren könnte:

»Hat sie dich nicht nach deinem Namen gefragt? Oder für wen du arbeitest?«

Es stellte sich als ein gewisses Glück heraus, dass sie ihren Brief wohl nur mit einem Kosenamen unterschrieben, aber sonst keinen Absender angegeben hatte. Die betrogene Ehefrau hatte den Brief ja nicht gleich in meiner Gegenwart überprüft. Noch etwas blass, aber doch bereits mit einer kühlen Logik, die ich so noch nie bei ihr bemerkt hatte, sagte sie plötzlich:

»Stefan, Junge – du kannst unmöglich bei uns bleiben! Wenn die Frau herausbekommt, dass du für uns arbeitest und ich möglicherweise mit ihrem … nein, das geht einfach nicht!«

Ich hatte irgendwie geahnt, dass mich eines Tages die Strafe für diese Botengänge treffen würde. So spontan, wie sie sich damals für mich verwandt hatte, so folgerichtig war auch jetzt für sie, dass ich gehen musste. Ich rechnete mir keine großen Chancen mehr aus und an ihren Mann verraten konnte und wollte ich sie nicht. Betrübt schlich ich an diesem Mittag nach Hause.

Ein paar Tage gingen vorüber, ohne dass mich Meister Licht zu dem gefürchteten Kündigungsgespräch gebeten hätte. Hatte sie es sich doch noch anders überlegt?

»Komm mal her, Stefan«, murmelte er endlich nach gut einer Woche etwas undeutlich in meine Richtung, kaum dass ich in aller Frühe die Backstube betreten hatte. Um diese Zeit waren wir auch sonst immer allein. Seinem Gesicht war keine besondere Gefühlsregung anzusehen. Endlich fuhr er fort, undeutlich vor sich hin zu brummen:

»Also keine Ahnung, warum meine Frau plötzlich nicht mehr gut auf dich zu sprechen ist. Sie kommt einfach nicht klar mit der Sprache heraus …«

Prüfend sah er mir ins Gesicht. Ich schwieg und sah kleinlaut zu Boden. Sollte er von mir aus denken, ich hätte irgendeinen kleinen Diebstahl oder so etwas begangen. Ich konnte ihm einfach nicht die Wahrheit sagen.

»So, so«, murmelte der ahnungslose Mann, schien sich aber doch schon zu einer Entscheidung durchgerungen zu haben. Ich spitzte meine Ohren, so gut ich konnte, um neben dem Prasseln des frisch angeheizten Ofens seine leisen Worte überhaupt zu hören:

»Also, du bleibst hier! Alle Kunden sind zufrieden und ich bin auch mit dir zufrieden. Was soll das Gemecker? Du weißt, wie sehr ich meine Frau liebe, aber manchmal, also manchmal muss ich doch sagen, dass sie vom Geschäft nicht viel versteht ...«

Die letzten Worte hatte er fast nur noch zu sich selbst gesprochen. Welche Erleichterung!

Daheim hatte ich bisher nichts von dem drohenden Unglück erzählt. Aber nun war ich wieder wachsam und begann, mich nach einer möglichen anderen Arbeit umzuschauen. Frau Licht war doch nicht ohne Einfluss auf ihren Mann, und wer weiß, wie lange er standhaft bleiben würde ...

Dann nahte mein sechzehnter Geburtstag. Im vergangenen Jahr hatten wir überhaupt keinen Geburtstag gefeiert, weil wir noch so in Sorge um Vater waren, dass wir ohne ihn einfach nicht richtig fröhlich sein wollten. Zum Jahresanfang 1941 hatte Mutter jedoch gesagt, dass wir, wenn auch ohne große Geschenke, wieder feiern würden. Und mein Geburtstag war der Erste im Kalenderjahr.

Am Geburtstagsmorgen schliefen noch alle, als ich als Erster aufstand und zur Arbeit sauste. Mutter hatte mich jedoch am Vortag zweimal aus dem Zimmer geschickt und geheimnisvoll lächelnd »Wegen morgen!« gesagt. So konnte ich an diesem Tag nicht schnell genug von der Arbeit nach Hause kommen.

Tatsächlich hatte Mutter einen winzigen Geburtstagskuchen gebacken, in dessen Mitte sogar eine richtige weiße Wachskerze steckte. »Lieber Junge, eigentlich ist es mehr ein Kerzenständer aus Teig als ein Kuchen, aber er ist mit richtigem Zucker und nach dem Rezept, das du früher doch so gern mochtest ...«

Und mit einem strengen Blick auf meine kleine Schwester fügte sie noch hinzu: »Und Dana hat auch fest versprochen, nicht zu betteln, damit du den kleinen Kuchen auch wirklich allein essen kannst!« Dana schaute uns beide aus großen, unschuldigen Augen an, bereit, das Versprechen für mindestens zwei Minuten zu halten. Wir mussten alle drei kichern. Ach, so war es früher auch immer gewesen!

Kurz darauf aßen wir alle zusammen, bis auf Mikolaj, der erst später von der Arbeit kommen sollte. Mutter hatte mir noch ein fast neues weißes Hemd auf meinen Platz gelegt, um das sie eine rote Schleife gebunden hatte – rot und weiß: die verbotenen polnischen Nationalfarben. Mutter und ich sahen uns an, sagten aber in Gegenwart der jüngeren Geschwister nichts.

»Das Hemd ist von Vater, aber er hat es nur einmal getragen – gefällt es dir?«, fragte sie mich leise.

»Ja sehr, Mamuschiu!«, antwortete ich genauso leise, »und das Band auch.«

Am frühen Abend, draußen war es schon dunkel, kam

Mikolaj nach Hause. Er umarmte mich lange und herzlich und drückte mir schließlich eine kleine Karte in die Hand. In bunten Buchstaben stand vorn drauf: EINLADUNG! Auf der Rückseite hatte er geschrieben: »Kleiner, großer Bruder! Als ich sechzehn wurde, hat Papa mich zum ersten Mal ins Gasthaus eingeladen. Obwohl wir nachts nicht mehr auf der Straße sein dürfen, möchte ich dich heute Abend einladen. Lass dich überraschen! Dein Mikolaj.«[3]

Ich spürte, dass Mutter Mikolajs Idee nicht mochte. Aber verbieten wollte sie es uns auch nicht. So schaute sie uns nur sorgenvoll nach, als wir um kurz nach sieben Uhr das Haus verließen.

Fest gefrorener Schnee knirschte unter unseren Schuhen. Mikolaj trieb zur Eile an. Bald verließen wir die Hauptstraße und bogen in einen kleinen Feldweg ein. Nach weniger als hundert Metern wurde es so dunkel, dass ich Mikolaj kaum noch sah. Ich hörte nur seine Schritte und seinen ruhigen, tiefen Atem. Voller Vertrauen lief ich hinter meinem großen Bruder her. Irgendwann sagte er: »Es ist eine gute Nacht. Bei dem wolkigen Himmel kommt der Mond kaum durch und niemand kann uns sehen …«

Plötzlich blieb er stehen und hielt mir vorsichtig die Hand vor den Mund. Kein Laut war zu hören, selbst der Wind hatte sich gelegt, und die dunklen Baumsilhouetten standen bewegungslos in der Nacht.

»Alles in Ordnung!«, flüsterte er. »Komm!«

Damit nahm er mich bei der Hand und zog mich in ein Gebüsch hinein, auf dessen anderer Seite schwere Tannenzweige ein breites Holzbrett verdeckten. Mikolaj zog beinahe lautlos das Brett zur Seite und schob mich voran in die Öffnung. Es ging recht steil in einen kleinen, unterirdischen Raum, dessen Ausmaß ich jedoch erst erkennen konnte, als Mikolaj das Holzbrett sorgfältig wieder zurückgeschoben und eine Kerze entzündet hatte: Der Raum maß etwa zwei mal zwei Meter, wobei an einer Wand bis an die Decke schwere Holzkisten gestapelt waren. Der Raum war immerhin so hoch, dass wir beide aufrecht darin stehen konnten. Mich erstaunte, dass es relativ warm hier war, obwohl draußen die Temperatur sicher unter null lag.

»Na, wie findest du unser Lokal?«, fragte Mikolaj mit nur wenig gedämpfter Stimme. Aus der rechten Tasche zog er eine Halbliterflasche mit Schnaps, aus der linken zwei kleine Gläser. »Na, kleiner Bruder, was sagst du nun?«

Auf der einen Seite war ich gerührt, wie liebevoll er alles organisiert hatte – auf der anderen Seite konnte ich ein banges Gefühl nicht völlig unterdrücken: Mikolaj hatte offensichtlich Kontakt zu Partisanen, zu polnischen Widerstandskämpfern – das heißt, er riskierte bewusst sein Leben. Und noch nie hatte er mit Mutter oder mir darüber gesprochen!

»Mikolaj – wie lange bist du schon dabei?«, wollte ich von ihm wissen, bevor ich mit ihm anstoßen konnte.

»Stefan – ehrlich, ich bin gar nicht dabei. Ich habe neulich Pawel einmal geholfen, eine Kiste hierher zu tragen. Und das nur, weil ein anderer ausgefallen war und Pawel so schnell niemand anderen fand, dem er vertrauen konnte.«

»Aber wenn uns nun jemand hier findet?«

»Wir sind heute Abend vollkommen sicher! Pawel hat mir erklärt, dass die Verstecke alle paar Tage woanders eingerichtet werden. Dieses hier wird noch diese Woche verlegt und danach zugeschüttet …« Ich spürte, dass Mikolaj noch mehr wusste, aber mich nicht beunruhigen wollte.

Inzwischen hatte er die Gläser gefüllt und mir eines herübergereicht. Eine eigenartige Spannung hatte uns beide ergriffen – ich sah, dass seine Hand ein wenig zitterte, als wir ohne ein Wort miteinander anstießen. Früher als Kind hatte ich einmal von Vater einen Schluck Schnaps bekommen, als ich krank gewesen war. Jetzt wiederholte Mikolaj mit mir ein Ritual, das er selbst mit Vater als bedeutungsvoll erlebt hatte. Das brennende Gefühl im Hals empfand ich als weniger angenehm. Auch der Geschmack war eher eklig, aber die kurz darauf einsetzende Wärme im Bauch heizte gut ein.

Wir zogen beide unsere dicken Jacken aus, setzten uns darauf und öffneten die obersten Hemdknöpfe. Mikolaj war jetzt beinahe achtzehn und hatte schon kurze, dunkle Haare auf der Brust und an Armen und Beinen. Außerdem rasierte er sich seit mindestens zwei Jahren jeden

Morgen. Bei mir war noch kein nennenswerter Bartwuchs zu sehen, nur ein paar weiche Stoppelhaare, die ich mit seinem Messer ab und zu abschabte. Wenn er nicht da war.

Mikolaj goss zum zweiten Mal ein. Es lag ihm noch etwas auf der Seele, das merkte ich. Aber ich konnte warten. Ich sah sein Profil im flackernden Kerzenschein und fand plötzlich, dass er etwas Edles hatte – so wie ein junger polnischer Graf, oder nein, so wie einer der jungen Heiligen, die als Märtyrer in einem Seitenschiff unserer Kirche abgebildet waren …

»Träumst du auch manchmal von Mädchen?« Der junge Heilige kam endlich mit der Sprache heraus. Ich wagte nicht zu sagen, dass ich gerade von ihm geträumt hatte.

»Weißt du, Stefan, Vater hat damals zu mir gesagt, dass man an solche Dinge erst in der Ehe denken dürfe. Aber ich muss einfach mal mit jemandem darüber reden. Ich muss dauernd an Mädchen denken. An Mädchen, die sich vor mir ausziehen, die ich berühren darf, die ich an mich drücken kann. Ich werde ganz verrückt davon. Mit Mutter kann ich doch unmöglich darüber sprechen …«

Mein aufmerksames Schweigen schien Mikolaj als unausgesprochenes Verstehen zu deuten. Ohne Pause redete er, der sonst so still war, auf mich ein.

Dabei goss er wieder unsere Gläser voll und legte mir dann eine Hand auf die Schulter: »Stefan, du bist mir von allen in unserer Familie der Nächste. Oft habe ich dir geholfen. Jetzt brauche ich deinen Rat, deine ehrliche Antwort: Hast du auch schon solche Gefühle wie ich? Möchtest du auch mit einem Mädchen schlafen?«

Worüber sprach Mikolaj eigentlich? Ja, verdammt, ich war seit heute sechzehn Jahre alt und ich hatte natürlich längst schon andere Jungen über Mädchen reden hören. Aber das waren doch eher Witze oder Sprüche gewesen. Ich dachte dann meistens, ach, das kommt alles später, später, wenn du erwachsen bist. Dann machen sich die Erwachsenen gegenseitig verrückt und nennen das Liebe. Ich fühlte mich bis jetzt einfach nicht zuständig für so etwas ...

Bis jetzt? Aber was war das damals für ein eigenartiges Gefühl gegenüber dem jungen Studenten gewesen? Meinte Mikolaj vielleicht etwas in der Richtung? So ein prickelndes Gefühl im Bauch, fesselnd und befreiend zugleich, eine ungeheure Anziehung zu einem anderen Menschen, der Wunsch, ihn berühren zu wollen?

Mikolaj redete sich immer mehr in Rage, seine dunklen Augen blitzten und immer öfter berührte er mich, schlug mir aufs Knie, drückte meine Hand, um seine Worte zu betonen, gewiss brüderlich gemeint von seiner Seite. Ich geriet immer stärker in seinen Bann: Er sprach in glühenden Worten von nackten Mädchen, von Brüsten und Schenkeln – ich sah seine kräftigen Arme, konnte in das geöffnete Hemd auf seine männliche Brust sehen und wünschte mir, dass er mich fest in den Arm nehmen und nicht mehr loslassen würde ...

Plötzlich streifte er sein Hemd ab und öffnete die obersten Knöpfe seiner Hose. Seine Haut glänzte schweißnass. Nunmehr restlos gebannt, starrte ich auf die jetzt einsetzenden, fast mechanisch wirkenden Bewegungen seiner Hand, in der er sein Glied hielt.

»Komm, Stefan!«, hörte ich seine eigenartig belegt klingende, tiefe Stimme, »komm, wir machen es zusammen – du denkst doch bestimmt genauso wie ich …«

Nichts tat ich. Ich spürte, wie auch mein Glied steif wurde – es war nicht das erste Mal –, aber erst heute kam ich hinter das Geheimnis der eigentlichen Bedeutung dieser körperlichen Veränderung.

Was mir bisher fremd und unverständlich gewesen war, wurde mit einem Schlag klar – ich war nicht besonders spät oder langsam entwickelt. Es hatte einfach alles nicht zu mir gepasst – die Witze der anderen Jungen, das alberne Getue zwischen erwachsenen Frauen und Männern. Das stimmte nicht – für mich nicht.

Obwohl, oberflächlich betrachtet, auch jetzt in dieser absurden Situation im Versteck überhaupt nichts stimmte, so erhielt ich durch Mikolaj doch die Lösung für meine Fragen. Alles, was er mir so vertrauensvoll über Mädchen erzählt hatte, genau das fühlte ich ihm gegenüber. Ich sah, wie er sehnsüchtig die Augen schloss, als er offensichtlich auf dem Höhepunkt der Erregung war. Auch ich schloss meine Augen und sah ihn, meinen halb nackten, tapferen, zuverlässigen, liebevollen, großen Bruder Mikolaj – diesen schönen Mann.

Ehrlich, es war nicht Feigheit, warum ich ihm in diesem Augenblick nicht erklärte, dass ich gar nicht von nackten Mädchen geträumt hatte, sondern von ihm. Ich war einfach so überwältigt, dass ich diese Erleuchtung jetzt unmöglich mit stotternden Erklärungen schmälern wollte. Außerdem hatte ich ein so grenzenloses Vertrauen zu Mikolaj, dass ich mir einfach nicht vorstellen konnte, dass er irgendetwas von mir wirklich ablehnen würde.

Uns beiden war klar, dass es längst nach zwanzig Uhr sein musste. Trotzdem goss Mikolaj ein letztes Mal die kleinen Gläser voll. Mutter würde sich bestimmt schon Sorgen machen.

»Jetzt bist du ein Mann!«, meinte Mikolaj und der Schnaps hatte nun bereits Einfluss auf seine Aussprache. Auch mir schwirrte der Kopf, aber ich war gleichzeitig hellwach.

»Ja, es war schön mit dir, Mikolaj!«, sagte ich eher zu mir als zu ihm.

Der Rückweg verlief ohne Zwischenfälle. Wir sahen Mutter schon am Fenster stehen, als wir um unsere Straßenecke bogen. Ohne ein strafendes Wort gab sie uns beiden kurz darauf wie früher einen Gutenachtkuss: »Habt ihr es schön gehabt?«

Ich lag noch lange wach. Durch den ungewohnten Alkohol kam mein ganzer Körper sanft ins Schwingen. »Jetzt bin ich ein Mann ...«, ging es mir immer wieder im Kopf herum. »Jetzt bin ich ein Mann ...«

Bis zuletzt wusste ich nicht, was ich mit Mikolajs Aussage anfangen sollte: Ich war kein Mann, wie er meinte. Ich war ein Mann, der von anderen Jungen oder Männern träumte. Und ich wusste, was alle, die ich kannte, von solchen Gefühlen hielten. Ein Schaudern ging durch meinen Körper.

Vor Angst – aber auch vor Freude: Endlich wusste ich, was mit mir los war. Und das war ein gutes Gefühl. Da mochten die anderen erzählen, was sie wollten ...

## *Nachts in der Stadt*

Sosehr ich mich in den folgenden Wochen und Monaten auch um eine neue Arbeit bemühte – vergeblich! Immerhin ließ Frau Licht keine neuen Andeutungen über meine notwendige Entlassung fallen. Jedoch wurde unser Verhältnis auch nie mehr wie früher. Sie behandelte mich korrekt, aber auch spürbar distanziert.

Im Sommer 1941 stürzten erst einmal ganz andere Geschehnisse auf uns ein: Etwa ab Anfang Juni nahmen wir plötzlich wieder verstärkte Truppenbewegungen der deutschen Wehrmacht in Polen wahr. Offiziell waren das alles Militärübungen, auch war die Richtung der Bewegungen nicht einheitlich auszumachen. Unübersehbar war jedoch für jeden, der offene Augen hatte, dass die Deutschen wieder mehr Soldaten nach Polen schickten.

Sollte es bereits erfolgreiche Partisanenaufstände im Lande gegeben haben? Mikolaj schwieg, und ich glaubte ihm, dass auch er nichts Genaues wusste. Trotzdem wollte eine gewisse Unruhe nicht weichen.

Dann – von einem auf den anderen Tag – ging es los: Auf allen Hauptstraßen des Landes marschierten, fuhren und ritten Einheiten der deutschen Wehrmacht in Richtung Osten. Das konnte nur eines bedeuten: Krieg mit der Sowjetunion![4]

Ab jetzt wurde auch gegenüber uns Polen wieder peinlich genau auf die Einhaltung aller Anordnungen und Erlasse geachtet. Verdächtige wurden vorübergehend festgenommen, und vor dem Rathaus wurden sogar drei als angebliche Partisanen verurteilte junge Männer einige Tage am Galgen aufgehängt, um die übrige Bevölkerung einzuschüchtern. In diesen Tagen hatte ich auch das Erlebnis mit den zwei deutschen Soldaten, die mich und meine polnischen Freunde beim Baden überrascht hatten.

Während um mich herum Leid und Schrecken den Alltag bestimmten, begann für mich in diesem Sommer trotz allem eine Phase von glücklichen Zufällen, die auf das größte Glück meines ganzen Lebens hinweisen sollten. Aber dies konnte ich in jenen Tagen natürlich noch nicht ahnen.

Alles begann damit, dass ich auf meiner morgendlichen Tour als Laufbursche wie immer am Toruńer Stadttheater vorbeikam. Mehr zufällig fiel auch an diesem Morgen mein Blick auf die Plakate und Schaukästen dieses prachtvollen Gebäudes, die ich mir immer neugierig ansah. Doch es waren jetzt nicht die Fotos der Vorankündigungen für das neue Programm, die mich innehalten ließen, sondern ein gar nicht mal besonders großer Anschlag neben dem rechten Eingang, auf dem ich gerade entziffern konnte: CHORSÄNGER GESUCHT!

Sofort bog ich mit meinem Lieferrad ein und fuhr direkt bis vor das Plakat. Tatsächlich – auch Polen durften sich bewerben. Zwar nur nebenberuflich, zum Teil auch nur als Statisten, aber immerhin! Mein alter Traum des Singens – sollte er in diesen schlimmen Zeiten doch noch Wirklichkeit werden?

Nach der Arbeit ging ich an diesem Mittag nicht nach Hause, sondern sofort zum Toruñer Theater. Mit mir hatten sich bereits eine Menge anderer junger Frauen und Männer eingefunden und mein Mut begann sogleich zu sinken. Wie sollte ich bei so viel Konkurrenz bestehen können? Die meisten waren auch älter und vermutlich geschulter als ich. Bisher hatte ich nur bei Herrn Scibarski in unserem Volksschulchor gesungen. Trotzdem – nun wollte ich es wenigstens versuchen und schrieb mich tapfer in die lange Liste der Bewerber ein.

Wenig später kam ein dicker Herr mit wehenden grauen Haaren in der Vorhalle auf uns zu und bat um noch ein wenig Geduld: »Meine Damen und Herren! Sie werden in Kürze in kleine Gruppen eingeteilt werden und dann die Gelegenheit erhalten, uns Ihr Können zu präsentieren …«

»Wie viele werden Sie denn insgesamt aufnehmen?«, unterbrach ihn eine Dame mittleren Alters mit vielen Goldketten, die eine schüchterne junge Frau, vermutlich ihre Tochter, hinter sich herzog.

»Gnädige Frau«, wandte sich der Dicke leicht irritiert an die ungeduldige Mutter, »in diesem Hause zählt Qualität, nicht Quantität!« Die Arme, dachte ich, die hat es sich bestimmt schon verscherzt.

Dann ging es tatsächlich relativ schnell. Da ich im Fragebogen bei Stimmlage einfach »Tenor« angegeben hatte, kam ich mit sechs anderen Tenören in eine Gruppe, die zu einem kleinen Zimmer im ersten Stock des Theaters geschickt wurde. Dort erwartete uns ein freundlicher Mann in Hemdsärmeln, der sich, ohne seinen Namen zu nennen, als Mitarbeiter des Hauses vorstellte. Er war höchstens Anfang dreißig und schien der Chorleiter zu sein. Er bat jeden von uns einzeln zu sich herein. Ich war zuerst an der Reihe.

»Wo haben Sie bisher gesungen?«, wollte er als Erstes wissen.

»Zu Hause!«, antwortete ich wahrheitsgemäß und erschrak gleichzeitig, weil mir durch den Sinn schoss, dass er die Antwort möglicherweise ungehörig finden könne.

Doch er entgegnete, ohne mit der Wimper zu zucken, dafür mit einem freundlichen Grinsen: »Ich auch!«

Dann bat er mich, ein deutsches Lied in meiner Tonlage zu singen. Da ich mit Herrn Scibarski immer am besten »Am Brunnen vor dem Tore« gekonnt hatte, vor allem auch mit allen Strophen, fiel die Entscheidung leicht. Anders als bei der schrecklichen Aufnahmeprüfung für das Gymnasium fühlte ich mich in der Gegenwart dieses freundlichen Mannes ohne Angst und konnte frei mein Bestes geben.

»Schön«, sagte er ernst, als ich geendet hatte, »wirklich schön! Sie haben eine Stimme, für die etwas getan werden sollte. Sie wissen, dass wir hier im deutschen Theater Polen nur nebenberuflich anstellen dürfen, aber wenn Sie die Tätigkeit bei uns mit Ihrer anderen Arbeit vereinbaren können, dann will ich Sie wohl aufnehmen!«

Erst jetzt fiel mir auf, dass er mich die ganze Zeit unserer Unterhaltung mit »Sie« angesprochen hatte. Das machten längst nicht alle Deutschen. Glücklich bedankte ich mich bei ihm.

»Halt, noch eins!«, rief er, als ich schon in der Tür stand. »Wir proben jeden Mittag außer sonntags ab vierzehn Uhr. Die Aufführungen beginnen um zwanzig Uhr und dauern bis etwa 23 Uhr. Das heißt, Sie müssen sich als Pole bei der Geschäftsleitung einen Nachtpassierschein aushändigen lassen, wenn Sie den Anstellungsvertrag von uns erhalten. Vergessen Sie das bitte nicht – auch in Ihrem Interesse!«

Außer mir vor Freude rannte ich durch die Stadt nach Hause. Ich sah nicht die deutschen Soldaten und ihre Armeefahrzeuge, nicht die hungernden polnischen Kinder und die sorgenvollen Augen ihrer Mütter.

Schön fand ich unsere alte polnische Stadt Toruń, die

nun zu deutsch Thorn hieß,[5] mit all ihren gotischen Kirchen, Schlössern und dem Denkmal des berühmten Astronomen Kopernikus auf dem alten Markt. Schön fand ich sie, wie nicht mehr seit dem Tag, als wir unser Zuhause hatten verlassen müssen.

Als ich mit großer Verspätung daheim ankam, zeigte sich Mutter keineswegs so angetan wie ich:

»Aber Junge, deine gute Stellung beim Bäcker Licht! Wie willst du das denn schaffen – morgens um vier raus und nachts erst um Mitternacht ins Bett. Nein, bitte überlege dir das noch mal in Ruhe!«

»Warte doch erst mal, Mamuschiu«, widersprach ich ihr, »ich bin doch so glücklich über die Möglichkeit einer Gesangsausbildung, dass ich dafür sicher auch mehr Kräfte habe! Außerdem bin ich doch schon lange sechzehn!«

Sie sah mich besorgt an, lächelte dann aber doch und meinte in gespielter Resignation:

»Wie könnte ich dich aufhalten, Junge?«

In der Bäckerei erzählte ich in den ersten Tagen noch nichts von meiner neuen Nebentätigkeit. Nach gut zwei Wochen im Theater verspürte ich jedoch tatsächlich solche Erschöpfungszustände, dass ich manchmal dachte, mir würde gleich der Korb aus der Hand rutschen oder ich würde auf meinem Fahrrad einschlafen. Es blieb dem Meister nicht verborgen, dass eine Veränderung mit mir vorging. Aber solange ich pünktlich und zuverlässig war, ließ er mich gewähren.

Wurde die Arbeit in der Bäckerei, vor allem das frühe Aufstehen, allmählich tatsächlich zu einer echten Belastung, so konnte ich es andererseits kaum abwarten, ins Theater zu kommen. Eine ganz andere Welt begegnete mir hier zum ersten Mal in meinem Leben!

Es waren vor allem die hier versammelten Menschen, die mich täglich aufs Neue faszinierten. Viele von ihnen waren auch für damalige Verhältnisse ausgesprochen unkonventionell, lebten in undurchsichtigen Beziehungen oder wussten von abenteuerlichen Lebensgeschichten zu berichten.

Es gab auch ein Ballett im Haus, bei dessen Proben ich besonders gern zusah. Inzwischen stand für mich außer Zweifel, wie sehr es mir gefiel, Jungen- und Männerkörper zu betrachten. Einfach nur das.

In meiner ersten Spielzeit stand der »Zigeunerbaron« von Johann Strauß auf dem Spielplan. Ich durfte im Chor der alten Zigeunerin Czipra, die in der Operette den jungen Barinkay zum Baron ihrer Bande ernennt, mit auf der Bühne stehen. Den Darsteller des Sandor Barinkay, ein junger Tenor von höchstens Mitte zwanzig, bewunderte ich maßlos.

In den wenigen Stunden, die ich sonntags länger zu Hause war, erzählte ich Mutter und Mikolaj von meinen Erfahrungen im Theater. Während Mutter gern zuhörte, merkte ich, wie Mikolaj sich immer weniger mitfreuen konnte. Machte es ihn eifersüchtig, dass ich kaum noch Zeit für ihn hatte?

Einmal fuhr er mich an, als ich Mutter gerade eine bestimmte Szene aus dem »Zigeunerbaron« ausmalte:

»Weißt du, was die Nazis mit den angeblich so lustigen Zigeunern in Deutschland und in den von ihnen besetzten Ländern machen? Die sperren sie ein, verprügeln die Männer, schaffen sie in Arbeitslager und reißen Frauen und Kinder auseinander. Hör auf mit deinen Märchen – mach mal die Augen auf, kleiner Bruder!«

Ich erschrak über seine Heftigkeit, aber war doch nicht bereit, mir die endlich eroberte Freude in meinem Alltag einfach zerstören zu lassen: »Denkst du, da sind alles Idioten am Theater? Die wissen auch, dass das nicht die Wirklichkeit ist. Aber wir versuchen doch wenigstens, den Menschen Freude zu bringen und so die Welt etwas schöner zu machen.«

Mikolaj blieb unversöhnlich, ja irgendwie machten ihn meine Worte nur noch zorniger:

»Ihr streut den Leuten Sand in die Augen. Für wen spielt ihr denn schon? Doch nur für die Deutschen, denen es ohnehin gut geht. Ihr seid doch nur dreieinhalb polnische Statisten, und das auch nur so lange, bis die ruhmreichen deutschen Männer aus der Schlacht zurückkehren.«

Im tiefsten Innern spürte ich, dass Mikolaj Recht hatte. Sollte Deutschland auch gegen die Sowjetunion siegen, dann würden alle »Ostvölker« endgültig versklavt werden und bestimmt keine polnischen Mitarbeiter mehr auf der Bühne geduldet werden. Aber hatte ich nicht die

Menschen im Theater überwiegend als einfühlsam und klug erlebt? Würden die denn eine solche Entwicklung einfach kritiklos mitmachen?

Ich berichtete Mikolaj von dem netten Chorleiter Herrn Werner, der mich eingestellt hatte und der sich seitdem mit viel Engagement um meine Gesangsausbildung kümmerte: »Meinst du, der würde das machen, wenn er auch an den Quatsch mit den deutschen Herrenmenschen und den übrigen Untermenschen glauben würde? Und so wie er denken noch viele andere im Theater!«

Mikolaj sah mich verbissen an. Zu viel Erniedrigung hatte er in den vergangenen zwei Jahren hinnehmen müssen und noch immer war Vater nicht heimgekehrt. Plötzlich spürte ich, wie Mikolaj gegen ein aufkeimendes Gefühl ankämpfte, das – so fühlten wir beide – unser bisher so gutes Verhältnis ernsthaft gefährden würde. Ernst und ohne Umschweife forderte ich ihn heraus: »Mikolaj, hältst du mich für einen Verräter?«

Lange hielten wir gegenseitig unseren tiefen Blicken stand, ohne ein weiteres Wort zu sagen. Zuletzt wandte sich Mikolaj mit einer resignierenden Handbewegung ab:

»Weißt du, verlass dich nicht zu sehr auf deine neuen Freunde am Theater – die meisten da sind doch sowieso schwul!«

Das saß. Ich musste mich abwenden, um ihn nicht sehen zu lassen, wie ich verletzt war vom verächtlichen Klang seiner Stimme. Ohne Frage – dieses Wort hörte ich nicht zum ersten Mal, aber eine solche Wirkung konnte es nur haben aus dem Munde meines Bruders.

Seit jenem Geburtstagsabend im Winter hatte ich es immer wieder mal mit ihm ansprechen wollen – meine sehnsüchtigen Gefühle gegenüber Jungen und Männern, die ich mir doch erst mit ihm habe eingestehen können. Es hatte bis jetzt einfach nie eine richtige Gelegenheit zum Sprechen gegeben.

Nun fühlte ich mich von meinem großen Bruder im Stich gelassen. Das hatte ich noch vor wenigen Minuten für unmöglich gehalten. Was wusste er schon von schwulen Männern? Glaubte mein Bruder etwa auch diesen Mist, dass alle homosexuellen Männer sofort zu erkennen seien – als Komiker in Frauenkleidern oder als näselnde Ästheten?

Mikolaj war längst aus dem Zimmer, als ich immer noch wie betäubt dastand. Jetzt hatte es also tatsächlich den ersten Riss in unserer bisher unerschütterlichen Beziehung gegeben. Plötzlich war ich mir unsicher, ob ich ihm überhaupt noch etwas erzählen sollte. Ich spürte mit aller Klarheit, wie sehr er mir seine bis dahin selbstverständliche Nähe entzogen hatte. Zum ersten Mal in meinem Leben dachte ich: Wenn es hart auf hart kommt, muss ich sehen, wie ich ohne ihn durchkomme.

Doch so weit war es noch nicht. Zunächst stand eine andere Veränderung bevor. Eines Tages ging das Gerücht um, dass im Mineralölgroßhandel der deutschen

Firma Krieger Nachwuchs gesucht wurde: Jungen ab vierzehn Jahre, die als so genannte Arbeiterlehrlinge eingestellt werden sollten, um so jene Männer zu ersetzen, die nach Deutschland geschickt worden waren.

Ich blieb ein paar Tage unsicher, was ich tun sollte. Einerseits war dies seit Monaten die erste Arbeitsmöglichkeit in einer deutschen Firma, von der ich überhaupt gehört hatte, und eine Lehre konnte man auch noch machen. Andererseits drohte nach Abschluss der Lehre die Gefahr, ebenfalls woandershin geschickt zu werden.

Schließlich bewarb ich mich aus einem ganz persönlichen Grund: Arbeitsbeginn in der Firma war um halb acht und für Lehrlinge begann der Feierabend um vier Uhr. Da die Firma nicht weit von uns lag, bedeutete dies, dass ich ab sofort bis sieben Uhr jeden Morgen würde schlafen können. Da zudem Herr Werner vom Theater für Berufstätige auch Probentermine ab fünf Uhr am Nachmittag eingereicht hatte, würde ich endlich allen Aufgaben nachkommen können, ohne dauernd bis an die Grenze meiner Kräfte gehen zu müssen.

Offensichtlich kam mir der allgemeine Arbeitskräftemangel gegen Ende des zweiten Kriegsjahres zugute. Sicher war das hier keine Arbeit, von der ich geträumt hatte. Ich sah, wie die Arbeiter bereits zur Frühstückspause total schmierig und verdreckt waren. Wenigstens gab es werkseigene Duschen, die auch die Lehrlinge bei Dienstschluss benutzen durften.

Als ich meinen neuen Arbeitsvertrag unterschrieben

hatte, teilte ich Bäckermeister Licht und seiner Frau mit, dass ich ab nächsten Monat nicht mehr bei ihnen als Laufbursche tätig sein würde.

»So, so«, meinte er ernst, aber keineswegs unfreundlich. »Hast du dir alles gut überlegt? Wir haben dich immerhin all die Monate vor einem Arbeitseinsatz woanders bewahrt. Und das würden wir gewiss auch weiter tun, nicht wahr?«

Die letzte Frage hatte er mehr an seine Frau als an mich gerichtet. Frau Licht schwieg. Der Bäcker ließ jedoch keine Pause aufkommen: »Doch – das hätten wir! Aber du bist inzwischen ein junger Mann geworden. Du musst wissen, was du tust. Also?«

Ich blieb bei meiner Entscheidung. Dabei war ich mir selbst nicht hundertprozentig sicher. Immerhin hatte ich den beiden tatsächlich einiges zu verdanken. Das sagte ich ihnen auch zum Abschied. Vor allem gegenüber Mutter hatte ich ein schlechtes Gewissen, als mir einfiel, dass ab sofort auch die zusätzlichen Brotrationen wegfallen würden.

Als hätte er meine Gedanken erraten, hielt Meister Licht beim Verabschieden meine Hand noch einen Augenblick länger fest und sagte so leise, dass nur ich es verstehen konnte:

»Lass mal gut sein, Stefan – wir danken dir auch! Du warst bisher unser zuverlässigster Laufbursche. Und sag deiner Mutter: Wenn es mal nicht genug zu essen gibt, soll sie deine kleine Schwester herüberschicken. Vielleicht haben wir dann keine Brote, aber Brötchen wird es immer noch geben …«

Auch Frau Licht gab mir die Hand und wagte sogar ein Lächeln zum Abschied, nachdem sie all die vergangenen Monate so abweisend gewesen war. »Pass gut auf, du hübscher Kerl!«, warf sie mir noch nach, als ich schon in der Tür stand.

Ich musste plötzlich auch lächeln: »Worauf denn?«

»Auf die Frauen zum Beispiel!«, rief sie beinah ausgelassen. »Ich weiß, wovon ich rede …«

In der Tat. Es war schön, dass wir wenigstens zum Abschied noch einmal unbeschwert miteinander lachen konnten. Bestimmt fiel ihr ein Stein vom Herzen, dass ich nun endlich weg war und mit mir die Gefahr, entdeckt zu werden. Doch im Grunde hatte sie mich die ganze Zeit gemocht. Zumindest konnte ich das jetzt wieder deutlich spüren.

Die neue Arbeit war wirklich kein Zuckerlecken. Aber das hatte ich vorher gewusst – und außerdem: Meine eigentliche Arbeit, das, worauf ich all meine Konzentration und Energie richtete, waren die Stunden im Theater. Die Proben mit Herrn Werner, das Üben mit den anderen im Chor, das Schminken und Verkleiden und schließlich die Momente auf der Bühne in unmittelbarer Nähe der großen Künstler. Unbeschwert und glücklich, fröhlich summend oder pfeifend, ging ich oft abends durch die Straßen der Stadt nach Hause.

Wenn ich den Tag über in der Fabrikhalle stand – in der Nase den schweren Ölgeruch, die Arme bis zu den Ellenbogen schwarz verschmiert –, dann gelang es mir immer öfter, all meine Gedanken hinaus aus der Halle bis auf die Bühne des Theaters zu lenken. Mit offenen Augen stand ich an meiner Werkbank, und meine Hände verrichteten mechanisch und zuverlässig alle Arbeiten – doch meine Seele war woanders, war in Wien am Hofe des Königs oder vor den Toren eines italienischen Schlosses.

Der Ehrlichkeit halber muss ich hinzufügen, dass ich mit meinen Gedanken und Gefühlen doch ab und zu sehr konzentriert auch in der Toruńer Fabrikhalle war. Nach Feierabend nämlich, wenn wir Jungen aus der Lehrabteilung duschen konnten und ich von einigen Gleichaltrigen sehr handfeste Informationen über verschiedene Techniken gegenseitigen körperlichen Vergnügens beigebracht bekam.

Während unter den Duschen selbst nie etwas vorkam, sondern sich das Gespräch, wenn überhaupt, allein um Mädchen drehte, so gab es zum Abtrocknen und Ankleiden verschiedene kleine Kabinen, die sich manchmal zwei oder drei Jungen teilen mussten. Meistens ging es dann darum, wessen Glied am größten war – einige Experten wussten die Zentimetermaße von der halben Ausbildungsabteilung.

Ich machte öfter mit und fand ihre kumpelhaften Spiele auch ganz witzig. Aber meine Sehnsucht ging in eine andere Richtung.

Während einige der Jungen sich dann für den Abend zum Kartenspiel oder zu anderen Geselligkeiten verabredeten, sauste ich sofort nach Hause, um mich umzuziehen und weiter zum Theater zu laufen. Dort, endlich, konnte ich dann wieder in die andere, die unglaubliche, aber für mich doch einzig wahre Welt eintauchen.

Nach ein paar Wochen hatte ich einen guten eigenen Rhythmus gefunden, sodass ich beiden Tätigkeiten nachgehen konnte, ohne besonders erschöpft zu sein. Obwohl es inzwischen wieder Winter geworden war, machte mir die Kälte viel weniger zu schaffen als im letzten Jahr. In dieser Saison hatte ich im »Vogelhändler« nur eine kleine, aber trotzdem schöne Rolle auf der Bühne, die nur bis zur Pause ging. Dafür half ich häufig noch etwas hinter der Bühne mit. Das Theater war mein zweites Zuhause geworden.

Wenn ich früher nach Hause kam, fand ich es nicht besonders gemütlich daheim, da mein Bruder mich spüren ließ, dass er es nach wie vor nicht gut fand, wenn ich mich so viel mit Deutschen herumtrieb. Kurze Zeit vorher hatte ihn sogar mal einer seiner Kameraden angesprochen, ob ich irgendwie mit den Deutschen kollaborieren würde, weil ich immer erst nachts nach Hause kam. Mutter hatte mir berichtet, dass er mich vor den anderen durchaus in Schutz genommen hatte. Aber gefallen hatte es ihm sicher nicht.

Seit ich die Lehrstelle in der Fabrik hatte, konnte ich Mutter zwar keine Brote mehr mitbringen, aber in mehreren Geschäften in der Stadt gab es Sachen, die ohne Lebensmittelkarten zu bekommen waren, natürlich in erster Linie für Deutsche. Einige dieser Läden hatten sogar bis spätabends geöffnet.

Nachdem ich es einmal probiert hatte und alles gut gegangen war, ging ich nun regelmäßig in diesen Geschäften einkaufen und brachte Mutter und meinen Geschwistern Dinge mit, die Polen sonst längst nicht mehr bekommen konnten. Die Ladenbesitzer hielten mich selbstverständlich für deutsch, da um diese Zeit keine Polen mehr auf der Straße waren. Auch war meine Aussprache so gut, dass man meinen polnischen Akzent kaum hören konnte. Mutter freute sich sehr über alles, was ich mitbrachte. Öfter sagte sie, ich solle auch an mich denken und nicht alles für meine Geschwister und sie ausgeben. Mikolaj sagte nichts.

Mir machte schon allein das Einkaufen Spaß. Manchmal strich ich noch an den unbeleuchteten Schaufenstern entlang, wenn längst alles Geld ausgegeben war, nur weil ich mich an den wenigen, im Halbdunkel erkennbaren Waren erfreute. Es war an so einem Abend im November 1941, genau gesagt am 4. November gegen 22 Uhr, als es passierte.

Bis eben hatte ich mir die Auslagen eines großen Elektrofachgeschäfts angeschaut und wollte gerade über den Bahnhofsvorplatz nach Hause schlendern, als ich mich irgendwie beobachtet fühlte. Die seit 1940 angeordnete Verdunkelung wurde noch nicht überall in der Stadt durchgeführt. Als ich mich umsah, konnte ich jedoch niemanden erspähen. Kurz vor dem Haupteingang zum Stadtbahnhof verlangsamte ich meinen Schritt und blieb schließlich unter dem Lichtkegel einer Gaslaterne stehen, wie um etwas in meiner Einkaufstasche zu überprüfen.

Nur einen Moment später ging er in weniger als zwei Meter Entfernung an mir vorbei, drehte sich dabei um und schaute mir direkt und ohne Scheu in die Augen.

Zunächst sah ich nur sein Gesicht – seine großen, braunen Augen, die fein geschnittene Nase und die ausgeprägten Lippen.

Da drehte er sich zum zweiten Mal um, lächelte aufmunternd. Ich sah strahlende, etwas schiefe Zähne, starrte ihm nach, ohne mich von der Stelle zu rühren. Erst jetzt, beim zweiten Anschauen, begann ich, seine ganze Gestalt wahrzunehmen.

Zutiefst erschrak ich, als mir bewusst wurde: Dieser wunderschöne junge Mann, der nicht viel älter als ich sein konnte, trug eine Uniform, hatte eine Schirmmütze auf dem Kopf – war ein deutscher Soldat!

Und es war kein Zweifel: Er meinte mich. Er war es, der mir schon eine ganze Weile gefolgt war. Noch nie hatte mich ein Mensch so angeschaut. Noch nie war ich so gebannt gewesen. Es schien mir in diesem Augenblick das einzig Mögliche, hier für immer stehen zu bleiben. Schluss. Licht aus. Vorhang. Was sollte jetzt schon noch kommen?

# *Die geheime Scheune*

Mein Herz pochte wie verrückt. Unwillkürlich hatte ich die alte Einkaufstasche in meinen Händen zusammengepresst. Erst als sie plötzlich an einer morschen Stelle aufplatzte und ein Marmeladenglas in den weichen Schnee fiel, löste ich mich aus meiner Erstarrung und bückte mich wie ein Roboter nach dem Glas, ohne meinen Blick von dem jungen Deutschen zu wenden.

Der hatte mein Missgeschick offenkundig beobachtet und blieb nun in etwa zwanzig Meter Entfernung stehen. Er lächelte wieder, diesmal verständnisvoll, und machte mit einer Hand eine fragende Geste, ob er irgendwie helfen könne. Ich schüttelte sofort abwehrend den Kopf. Der dachte doch bestimmt, ich wäre ein deutscher Junge, und würde mich womöglich festnehmen, wenn er herausbekäme, dass ich Pole war.

Endlich hatte ich mich wieder etwas in der Gewalt. Ich stopfte betont selbstsicher das Marmeladenglas in meine Jackentasche und klemmte mir die aufgeplatzte Tasche sorgsam unter den Arm. Noch einmal blickte ich starr in seine Richtung, ohne auch nur das leiseste Lächeln anzudeuten. Dann drehte ich mich um und ging in die entgegengesetzte Richtung davon.

Ich lief mit steifen Schritten bis an den Rand des Stadtzentrums. Die wenigen Gaslaternen verbreiteten hier nur schummriges Licht. Ein eigenartiges Zittern in meinen Händen wollte einfach nicht verschwinden.

Erst jetzt wurde mir klar, dass ich tatsächlich in die verkehrte Richtung gelaufen war. Ich musste also umkehren und zurückgehen, wenn ich heute Nacht noch nach Hause kommen wollte.

Langsam und betont bedächtig ging ich die kleine Straße zurück. Da trat aus dem Schatten eines gegenüberliegenden Hauseingangs eine dunkle Gestalt. In derselben Sekunde wusste ich, dass er es war.

Im Grunde hatte ich die ganze Zeit geahnt, dass er in meiner Nähe geblieben war. Oder ehrlicher: Im Grunde hatte ich genau das gewollt.

Tatsächlich kam er nun über die Straße auf mich zugeschlendert. Als er dicht vor mir stehen blieb, sagte er höflich: »Guten Abend!«, und streckte mir die Hand entgegen. Ich fand es toll, dass er nicht »Heil Hitler!« gesagt hatte.

Auch ich gab ihm die Hand. Dabei spürte ich, dass er meine Hand einen Moment länger als normal fest hielt. Seine Hand war größer und kräftiger als meine, trotzdem drückte er sanft und fast zärtlich, jedenfalls nicht das sonst übliche Knochengebreche unter jungen Männern.

Ich antwortete schüchtern: »Hallo!« Mehr bekam ich einfach nicht heraus. Gleichzeitig fürchtete ich, dass mich mein leichter polnischer Akzent verraten würde.

»Wollen wir nicht noch einen Kaffee zusammen trinken, bevor alles zumacht?«, fuhr er dann fort. Mit Freude stellte ich fest, dass auch seine Aussprache einen leichten Akzent oder Dialekt aufwies, den ich aber nicht sicher einordnen konnte. Aus Norddeutschland schien er dem Äußeren nach nicht zu kommen, da er selbst im Winter eine eher dunkle Haut und beinahe schwarze Haare hatte.

Ohne nachzudenken stimmte ich seinem Vorschlag zu. Gemeinsam gingen wir zurück in Richtung Stadtbahnhof und fanden ohne Probleme ein Lokal, das noch geöffnet hatte. Während er die Bestellung aufgab, konnte ich ihn hier im Licht etwas genauer betrachten.

Ich schätzte ihn auf Anfang bis höchstens Mitte zwanzig, doch wenn er lächelte, hätte er auch gut siebzehn sein können. Ansonsten war er etwa so groß wie ich, sicher aber kräftiger. Ich meinte, dass er die Uniform eines Fliegerunteroffiziers trug, aber so gut kannte ich mich mit den Abzeichen nicht aus. Ein Soldat der deutschen Wehrmacht, daran ließ sich nichts ändern.

Außer der kurzen Begrüßung hatten wir bisher kaum ein Wort gewechselt. Endlich kam der Kaffee.

»Schön heiß, nicht?«

Ach, wenn wir doch einfach den ganzen Abend hätten schweigen können! Es war wirklich genug, ihn einfach anzuschauen. Aber er ließ nicht locker.

»Wie heißt du denn?«

»Stefan«, antwortete ich ehrlich. Ein unverfänglicher Name.

»Ach, genau wie mein Onkel in Wien!« Er nickte verständig.

»Wien?«, entfuhr es mir etwas unbedacht. Daher also der Dialekt.

»Ja, ich bin Österreicher. Aber wir gehören heute ja alle zum Großdeutschen Reich.[6] Wo bist du denn geboren?«

Erneut saß ich in der Klemme. So konnte es einfach nicht weitergehen. Zum zweiten Mal setzte ich an diesem Abend alles auf eine Karte.

»Ich bin hier geboren, in Toruń – und ich bin Pole …« Ich war selbst erstaunt über die klare Stimme, mit der ich das herausgebracht hatte.

Der junge Soldat blickte sich einen Moment erschrocken um, ob jemand im Lokal meine Worte gehört hatte. Allein, dass ich den polnischen Namen der Stadt ausgesprochen hatte, hätte Ärger geben können. Aber es waren um diese Stunde nicht mehr viele Leute hier. Und die wenigen schienen genug mit sich selbst zu tun zu haben. Dann fragte er leise: »Aber hast du denn einen Nachtpassierschein? Ich frage nur, weil du doch sonst leicht festgenommen werden kannst, das weißt du, nicht?«

Diesmal sah ich ihn prüfend an. Ja, doch, seine Stimme klang ehrlich besorgt um mich, es war kein Unterton einer Ablehnung oder Distanzierung mir gegenüber zu hören. Plötzlich wurde mir klar, dass wir, obwohl ich ja diesen Wisch besaß, beide einiges riskierten, wenn wir hier weiter gemütlich unseren Kaffee trinken würden. Bei einer Razzia würde auch er nicht ungeschoren davonkommen. Ohne Zweifel schossen ihm ähnliche Gedanken durch den Kopf. Wir hielten beide verkrampft unsere Tassen fest und starrten für ein paar Sekunden ins Leere.

Dann jedoch wandte er mir mit einem entschlossenen Ruck sein Gesicht wieder zu und meinte trocken: »Na, dann Prost, Stefan!«

Auch ich antwortete nun übermütig: »Klar, Prost – wie heißt du denn?«

»Kein besonders origineller Name – Willi. Genauso wie mein Vater und mein Großvater. In unserer Familie scheint diesbezüglich keine Phantasie vorhanden zu sein.«

Vor meinen Augen tauchte eine altehrwürdige, österreichische Ahnengalerie auf mit Kaiserbärten und Stehkragen und ich musste lachen. Welch guten Kontrast bildete der jüngste Willi mit seinem jungenhaften Grinsen dazu!

Irgendwie schien mein Lachen ansteckend zu sein, denn nun erregten wir zum ersten Mal etwas Aufsehen. Der Wirt glotzte stur zu uns herüber. Wahrscheinlich hielt er uns für zwei späte Zecher, die eben versuchten, mit einem Kaffee wieder klar im Kopf zu werden. Kurz darauf pochte er mit dem Finger auf seine Armbanduhr – tatsächlich, schon kurz nach Mitternacht. Wir waren inzwischen die letzten Gäste.

»Mann, jetzt komme ich zu spät in die Kaserne«, entfuhr es Willi. Als er mich ansah, entspannte sich sein Gesicht sofort wieder, und er fügte zärtlich hinzu: »Alles wegen dir!«

»Danke für den Kaffee!«, antwortete ich traurig. Ich konnte gar nicht mehr fröhlich antworten, weil mir unvorstellbar war, dass er mich unter diesen Umständen je würde wieder sehen wollen.

Mir war völlig egal, wie spät ich nach Hause kam. Mutter und Mikolaj schliefen längst und meine kleinen Geschwister sowieso. So beschloss ich, ihn noch zum Bahnhof zu begleiten, wo er versuchen wollte, eine Droschke zu bekommen, denn seine Einheit war außerhalb der beiden großen Stadtkasernen untergebracht. Schweigend gingen wir das kleine Stück über den Bahnhofsvorplatz. Kurz bevor er einstieg, gab er mir wieder die Hand: »Sag, Stefan – wann können wir uns wieder sehen?«

Zuerst konnte ich es gar nicht glauben: »Wie bitte?«

»Ich will dich wieder sehen – hast du morgen Abend Zeit?«

»Ja!«, sagte ich, und noch einmal: »Ja!« Mein Herz klopfte so, dass ich nach Luft schnappte: »Ab 22 Uhr habe ich vom Theater frei. Dann kann ich hier am Ausgang beim Droschkenstand auf dich warten!«

»Ich warte auch auf dich!«, rief er mir noch durch das heruntergekurbelte Fenster winkend zu, als der Wagen schon anfuhr. Ich winkte und sprang im Schnee herum wie ein Clown. Ich winkte noch, als der Wagen schon um eine Ecke gebogen und außer Sicht war. Was für ein Abend! Was für eine Begegnung!

Ich ließ mir Zeit für den Nachhauseweg. So viel hatte ich erlebt, über so viel musste ich nun nachdenken. Genauso einen Freund hatte ich gesucht. Nur ihn, diesen zärtlichen, schönen Mann sah ich vor mir – ohne seine Uniform, ohne den Krieg und die ganze Weltgeschichte. Nur ihn.

Erst als ich leise daheim angekommen, mich ausgezogen und neben Mikolaj auf den Boden gelegt hatte, holte mich die elende Wirklichkeit wieder ein. Was, wenn mein Bruder von Willi erfuhr? Was, wenn irgendeiner der Kameraden oder Vorgesetzten von Willi von uns erfuhr? Es war unmöglich, dass wir uns einfach Abend für Abend in der Öffentlichkeit treffen konnten.

Das war also die erste Aufgabe. Wir mussten ein Versteck finden. Irgendeinen geheimen Ort nur für uns beide … Ach, da würde sich schon etwas finden. Jetzt, wo wir uns gefunden hatten, war doch das Schwierigste gelöst: Es gab einen Menschen auf der Welt, der auch so fühlte wie ich. Ich schlief so glücklich ein wie lange nicht mehr …

Die folgenden Tage setzte ein Tauwetter ein, das den ersten Schnee noch einmal schmelzen ließ. Einerseits war es dadurch von der Temperatur her angenehmer, nachts noch draußen herumzulaufen. Andererseits waren gerade einige der abgelegenen Nebenstraßen, die wir natürlich lieber aufsuchten, um ungestört reden zu können, zuweilen die reinsten Matschgräben.

Während Willi mit seinen Militärstiefeln dabei die geringeren Probleme hatte, lösten sich meine einzigen Halbschuhe bereits am dritten Abend auf. Wir befanden uns auf einer der alten Landstraßen, die im Osten der Stadt zu der großen Autostraße führten, die über Lipno bis Warschau ging, als plötzlich mein rechter Schuh geräuschlos in einem Schlammloch stecken blieb.

Beim Versuch, ihn vorsichtig aus der zähen Masse zu lösen, riss zuerst die einzige Schnalle ab, zuletzt blieb der Absatz im dunkelbraunen Abgrund hängen. Vor Wut schmiss ich den schäbigen Rest ebenfalls zu Boden. Zornig, ratlos und auf einem Bein stehend, schaute ich Willi an.

Ohne ein weiteres Wort packte er mich und nahm mich einfach auf den Arm. Dann trug er mich über das größte der vor uns liegenden Schlammlöcher. Mann, das hatte zum letzten Mal Vater mit mir gemacht, als ich vier oder fünf war! Wir lachten beide so laut und rücksichtslos, als ob wir allein auf der Welt gewesen wären. Von mir aus hätte der Rest der Welt aus Schlammlöchern bestehen können ...

Nach einer Weile machte der Pfad eine abrupte Biegung, soweit ich das in der Dunkelheit erkennen konnte. Unvermutet standen wir vor einer alten Scheune, die einen ziemlich ramponierten Eindruck machte. Vermutlich war sie bereits seit einiger Zeit außer Betrieb.

Direkt vor der verwitterten kleinen Seitentür setzte Willi mich ab. Beim ersten leichten Druck gab die Tür bereits nach. Neugierig spähten wir in das Innere. Willi versuchte, sein Benzinfeuerzeug zu entfachen, aber es misslang. Da jedoch in dieser Nacht Vollmond war, der mit fahlem Licht durch einige Ritzen und Luken im Dach bis hierher drang, konnten wir uns allmählich orientieren.

Dann stöberten wir die ganze Scheune durch, die tatsächlich verlassen schien, aber noch so erhalten war, dass sie ein phantastisches Versteck abgab. Das gesamte Gemäuer war nicht sehr groß, vermutlich hatte es früher allein zur Aufbewahrung von Tierfutter gedient. Mit bloßen Händen machten wir uns daran, in einer Ecke den Lehmboden von herumliegenden Abfällen zu befreien. Dann legten wir ein paar herumstehende Bretter aus.

Willi zog seinen schweren Militärmantel aus und breitete ihn darüber: »Na, wie findest du unser Chambre séparée?«

»Mindestens first class!«, gab ich kichernd zurück und warf mich der Länge nach auf unser Himmelbett. Übermütig stürzte sich Willi auf mich, und wir balgten miteinander herum, als wäre es Sonntagmorgen in Wien, kein Krieg, keine Besatzung … als seien wir eben in Willis Schlafzimmer in der elterlichen Villa aufgewacht, und nachher würden wir mit Willi-Vater und Willi-Großvater im Salon frühstücken und vielleicht noch ein wenig ausreiten, bei gutem Wetter bis an die Donau.

»Hast du eine Ahnung!«, entgegnete er. »Das sonntägliche Frühstück ist bei uns das langweiligste Ereignis der ganzen Woche. Da ist das Panoptikum unserer edlen Familie vollständig versammelt. Das reicht dann auch für sieben Tage!«

Ich war erstaunt, dass er so distanziert von seiner Familie sprach. Bisher hatte ich immer mit offenem Mund gelauscht, wenn er von all den Besitztümern erzählt hatte, die ihm offensichtlich von Kind an selbstverständlich waren.

Die Erinnerung an daheim hatte ihn von einem Augenblick zum anderen ernst werden lassen. Zärtlich legte er seine Hand auf meine Brust und kam ganz nahe mit seinen dunklen, großen Augen: »Komm, lass uns nicht von zu Hause sprechen. Ich bin hier viel glücklicher mit dir.«

Unendlich sanft, wie ich es mir bisher kaum von einem Mann hatte vorstellen können, küsste er mich. Er öffnete ein paar Knöpfe meines Hemdes und ließ seine Finger vorsichtig über meine Haut gleiten. Ich erschauderte. Es war so anders als das Gewichse mit den Jungen in der Fabrik. Und es war auch anders als jenes Erlebnis mit Mikolaj an meinem Geburtstag …

Danach blieben wir noch eine Weile eng umschlungen. Unsere nackten Körper glühten so sehr, dass die äußere Kälte nur ganz allmählich zu uns durchdrang. Ich spürte, dass die Berührungen ihm so wohl taten wie mir, und dass wir uns so viel Freude bereiten konnten, wie es nur zwei Menschen können, die einander … lieben!

Klar, jetzt klingt das alles sehr romantisch, aber ich kann es sagen, ganz sicher und ohne einen Zweifel: Dieser Kerl in deutscher Uniform, dieser zärtliche Mann in meinem Arm – er war meine erste große Liebe!

Willi sah mich lange schweigend und eindringlich an.

Dann flüsterte er mir leise ins Ohr: »Mich hat's erwischt, Stefan! Ich will mit dir leben!« Und nach einer Weile: »Schöner Mist, was?«

»Nein!«, widersprach ich fröhlich. »Ist verdammt stark!«

Willi ahmte meinen polnischen Akzent nach: »Hast Recht, Stefan – stark ist das mit uns beiden! Aber verdammt auch!«

»Aber wer soll das schon herausbekommen?«, entgegnete ich in blinder Zuversicht. »Jetzt haben wir doch erst mal einen Ort, wo wir uns heimlich treffen können. Stell dir vor, ab jetzt jeden Abend um 22 Uhr hier – und Montag sind keine Aufführungen, da könnte ich gleich nach der Arbeit von der Fabrik aus herkommen …« Für mich gab es keine Probleme mehr, mit denen wir nicht hätten fertig werden können.

Willi hingegen blieb ernst.

»Hast du nicht gehört, was für ein Geist heute in Deutschland herrscht? Früher soll es in den Großstädten ein offen homosexuelles Leben gegeben haben. Ein älterer Mann in Wien hat mir erzählt, dass er zu der Zeit öfter nach Berlin gefahren ist – da konntest du Männer sogar Hand in Hand auf der Straße sehen. Es gab auch jede Menge Vereine und Organisationen, wo Jungen und Männer sich trafen, um gemeinsam für ihre Rechte zu kämpfen. Kannst du dir das vorstellen?«

Ich schüttelte den Kopf. Noch nie hatte ich zwei Männer Hand in Hand auf der Straße gesehen. Und ich stellte es mir auch eher komisch vor, aber gleichzeitig dachte ich – wie blöd, dass man tatsächlich nirgends Männer zärtlich miteinander erleben konnte. Dafür sieht man sie miteinander saufen, prügeln, selbst gemeinsames Onanieren war drin, aber im Grunde hatte das mit Zärtlichkeit nichts zu tun. Es war eher das Gegenteil davon …

»Erzähl mir noch mehr von früher!«, bat ich Willi.

»Leider gibt's da nicht mehr so viel zu erzählen. Ab 1933 haben die Nationalsozialisten all diese Organisationen verboten und die meisten Lokale und Treffpunkte geschlossen. Zum Glück entkam ihnen einer der prominentesten Anführer, ein Berliner Arzt, der gleichzeitig Jude und homosexuell war, weil er zu der Zeit im Ausland war und dann einfach nicht zurückkehrte. Aber noch im Frühjahr 1933 haben sie sein Institut geplündert und alle Bücher und Archive verbrannt. Ich weiß das alles von dem älteren Wiener Bekannten, der bis dahin oft Gast in diesem Institut gewesen war.«

»Und was ist später aus dem Arzt geworden?«

»Keine Ahnung.«[7]

»Und was ist den anderen Homosexuellen passiert?«

»Zuerst dachten wohl viele, dass es nicht so schlimm werden würde, da es auch hochrangige Nationalsozialisten gab, die homosexuell waren. Zum Beispiel den Stabschef der SA, Ernst Röhm, von dem wusste das jeder in Deutschland. Aber als sie ihn und seine Leute im Sommer 1934 plötzlich abknallten, ahnten wohl viele, dass es nun ernst werden würde. Und so kam es dann ja auch …«

»Aber wieso denn, Willi, du bist doch auch ein Soldat der deutschen Wehrmacht – du kämpfst doch für dieses Deutschland –, wieso seid ihr so brutal gegen uns Polen, gegen die Juden sowieso und gegen alle möglichen anderen so genannten Untermenschen? Du bist doch selbst homosexuell, bist doch selbst ein Volksschädling oder wie ihr das nennt …«

Mit einem Ruck setzte sich Willi auf. Ich hatte ihn schwerer getroffen, als ich beabsichtigt hatte. Hart griff er mich am Arm: »Mensch, Stefan, frag mich doch nicht solchen Scheiß! Ja, ich finde es gut, dass es heute wieder ein großes, starkes Deutschland gibt. Ich finde dieses Land schön und ich würde es immer verteidigen. Dafür, dass es eben bei uns auch Fehler und Verirrungen gibt, kann ich nichts. Deine polnische Regierung hat früher genauso gegen die Juden gesprochen wie der Führer. Nur dass der eben Taten hat folgen lassen!«

Auch ich richtete mich jetzt auf, streifte seine Hand von meinem Arm und fuhr ihn ebenfalls an:

»Ach, das ist also eine Verirrung, wenn zehntausende unserer Männer einfach von euren Panzern niedergemäht werden und wenn hunderttausende von uns in eurem schönen Deutschland die letzte Drecksarbeit tun dürfen? Aus Versehen ist mein Vater auch seit drei Jahren verschleppt, und meine Mutter hat kaum genug, um meine kleinen Geschwister satt zu bekommen!«

Meine Stimme war laut und erregt geworden: »Und das findest du einen Fehler – eine Verirrung? Vielleicht verirren sie sich als Nächstes an uns beiden! Mensch, Willi, du bist ja noch naiver als ich!!« Mir war, als hätte mein Bruder Mikolaj aus mir gesprochen. Die Worte waren nur so herausgeschossen. Jetzt konnte ich nichts mehr zurücknehmen.

Willi war, während ich sprach, in sich zusammengesunken. Der kräftige Kerl ließ die Schultern hängen und schüttelte ohnmächtig den Kopf: »Verdammt – was sollen wir denn machen?«

Zum ersten Mal fühlte ich mich älter, ja vielleicht sogar ein bisschen stärker. Aller Zorn war plötzlich verflogen, als ich ihn so traurig vor mir sitzen sah. Willi hatte verstanden, was ich sagen wollte, und er bemühte sich, auch mich zu verstehen. Mehr wollte ich nicht.

Wir nahmen uns in den Arm und wärmten uns. Gern wären wir noch länger sitzen geblieben, aber Willi durfte auf keinen Fall wieder zu spät zu seiner Einheit zurück. So beseitigten wir nur oberflächlich die Spuren unseres Aufenthaltes, ließen die Bretter aber bewusst für unser nächstes Treffen liegen. Willi wollte das nächste Mal Kerzen und etwas zu trinken mitbringen.

Erst als wir uns ankleideten, fiel mir wieder mein verlorener Schuh ein. Willi gab mir seine beiden dicken Wollsocken: »Damit wirst du bis nach Hause kommen. Bis morgen versuche ich, dir ein Paar Stiefel zu organisieren!«

Von niemandem bemerkt, huschten wir lautlos aus unserem Versteck und liefen noch ein ganzes Stück gemeinsam auf der alten Landstraße. Vor der Stadt verabschiedeten wir uns, weil es dort eine kleine Abkürzung zu seinem Militärquartier gab.

Kurz darauf war ich daheim. Alle schliefen schon wie gewöhnlich. Wie gerne hätte ich jetzt einem Menschen von meinem großen Glück berichtet. Ich liebte und wurde geliebt. Mit einem Gefühl tiefer, innerer Ruhe schloss ich die Augen …

Tatsächlich brachte mir Willi am folgenden Abend ein Paar hervorragende Lederstiefel mit, die genau passten. Es begann eine wundervolle Zeit, in der wir unser kleines Quartier immer gemütlicher ausgestalteten. Nach vier Wochen hatten wir sogar einen kleinen Spirituskocher, etliche Konserven, Decken und sogar einen Satz einfaches Geschirr beieinander. Woher Willi das alles herschaffte, blieb mir unklar. Bei Nachfragen war er undeutlich und verschlossen.

Außerdem hatten wir inzwischen in einer Ecke der Scheune ein tieferes Loch ausgehoben, in das genau eine größere, aus Bretterresten gezimmerte Holzkiste hineinpasste. Das war unser »Tresor«, in dem wir immer alle unsere Schätze verstauten, bevor wir aufbrachen. Wenn doch einmal tagsüber jemand in der Scheune vorbeigekommen wäre, hätte er nicht ohne weiteres erkannt, welch heimliches Treffen hier alltäglich, oder besser allnächtlich, stattfand. Zu Hause erzählte ich, dass ich eben länger am Theater zu tun hätte. Auch erklärte ich die neuen, teuren Stiefel und andere Dinge, die es nicht mehr zu kaufen gab, damit, dass ich sie von deutschen Kollegen am Theater bekommen hätte.

Mutter bemerkte als Einzige eine Veränderung an mir. Einmal fragte sie vorsichtig nach: »Stefan, Junge – sind das wirklich alles Geschenke? Lass dich bitte auf nichts ein, was du später vielleicht bereuen könntest …«

»Was meinst du damit, Mamuschiu?«

»Ich weiß, dass du ein ehrlicher Junge bist. Aber in dieser Zeit wird so viel verschoben, nicht nur auf dem Schwarzmarkt, dass ich einfach Angst habe, du könntest an die falschen Leute geraten. Stell dir mal vor, bei uns würde bei einer Razzia Diebesgut gefunden. Ich wüsste, dass du es nicht gestohlen hast, sondern vermutlich nur einem Gauner auf den Leim gegangen warst. Aber die deutsche Polizei würde das nie glauben …«

Ich hätte Mutter an diesem Abend vielleicht doch ein wenig mehr erzählt, um sie zu beruhigen, aber dummerweise war Mikolaj dabei. Leider konnte er seinen Kommentar nicht für sich behalten: »Mein kleiner Bruder liebt doch die Deutschen. Pawel hat mir erzählt, dass er dich letzten Montag in der Stadt sogar mit einem deutschen Soldaten gesehen hat. Angeblich habt ihr euch ausgesprochen nett unterhalten!«

Mutter ging nicht auf seine Worte ein: »Mikolaj, warum sagst du das? Stefan ist kein unrechter Junge. Wir alle werden über kurz oder lang irgendwie mit den Deutschen auskommen müssen.«

Mikolaj sah sie enttäuscht an: »Wenn das Vater hören würde! Wie kannst du so reden? Nie werde ich akzeptieren, dass die Deutschen hier die Herren spielen. Und Vater würde das auch nicht tun!« Damit verließ er türenknallend das Zimmer.

»Er ist so einsam«, Mutter rang ratlos die Hände, »und er hat ja Recht.«

Sie warf mir einen liebevollen Blick zu: »Warum habt ihr nur plötzlich so viel Streit miteinander? Bitte, Stefan, lass dich nicht mit Soldaten auf der Straße sehen. Das fällt auf uns alle zurück. Und zuerst natürlich auf Mikolaj. Du weißt, wie die anderen Jungen über so etwas reden ...«

Wie gern hätte ich ihr alles erzählt. So fiel mir nur eine ausweichende Bemerkung ein: »Aber die Soldaten sind doch auch nicht alle gleich. Die meisten, die jetzt mit den nachrückenden Einheiten kommen, sind genauso alt wie Mikolaj.«

Mutter nickte, sagte aber kein weiteres Wort. Vielleicht wusste sie längst mehr, als sie aussprach?

## *Zukunftspläne*

Ein neues Jahr sollte beginnen – würde es das lang ersehnte Ende des Krieges bringen? Vielleicht bekämen wir wenigstens endlich eine Nachricht von Vater?

Mit Willi wollte ich Silvester unsere erste gemeinsame Nacht verbringen – eine ganze Nacht mit Einschlafen und Aufwachen! Seine Einheit würde zwei freie Tage bekommen, und ich hatte daheim erzählt, dass im Theater nach der traditionellen »Fledermaus«-Aufführung in das neue Jahr 1942 hineingefeiert würde und ich deshalb bei Kollegen übernachten könnte.

Der erste Teil stimmte so weit auch. Nur, dass ich unmittelbar nach dem Abschminken nichts Eiligeres zu tun hatte, als zu unserer Scheune zu kommen. Willi wartete dort schon. Der kleine Spirituskocher brannte, und es war hier deutlich wärmer als draußen, zumal wir in unserer Ecke einen kleinen Verschlag gebastelt hatten, der uns vor dem übrigen größeren Raum abschirmte.

»Du kommst gerade noch rechtzeitig, Lieber«, begrüßte er mich fröhlich, »in ein paar Minuten hätte ich mit mir selbst auf unser Wohl anstoßen müssen!«

Tatsächlich hatte er eine Sektflasche mitgebracht, und damit nicht genug – auch zwei richtige Sektgläser.

Als er meine erstaunten Augen sah, hob er beruhigend die Hände: »Alles in Ordnung! Sorgfältig abgestaubt aus dem Offizierskasino – mein Beitrag zur Stärkung der Moral in der Truppe.«

Noch nie hatte ich selbst eine Sektflasche entkorkt. »Darf ich?«, fragte ich und kurbelte auch schon vorsichtig den Draht am Flaschenhals auf.

Eine Sekunde später schoss der Korken mit einem lauten Plopp! heraus – bis fast an die Decke unseres Festsaales. Begeistert schaute ich ihm hinterher. Im gleichen Moment zischte ein dicker Strahl des edlen Getränks hinterher. Ich hatte Mühe, die schäumende Quelle in die winzigen Gläser münden zu lassen.

»Genau zwölf!«, rief Willi begeistert. »Das hast du exakt hinbekommen!«

»Auf ein gutes Jahr – mit dir!«

In dieser Nacht sprachen wir das erste Mal über unsere Zukunft.

»Nach dem Krieg will ich Schriftsteller werden«, erzählte mir Willi. »Erst möchte ich gern an einer Universität Germanistik studieren und später meine eigenen Texte und Erzählungen schreiben.«

»Du hast es gut«, entgegnete ich nicht ohne Neid. »Ich würde so gern eine richtige Gesangsausbildung absolvieren – aber wenn ihr siegt, wie sollte ich dafür je eine Chance erhalten? Vielleicht muss ich nach Amerika auswandern. Die Idee kam mir neulich schon, als ich mich wieder mit meinem Bruder gestritten hatte. Ich weiß wirklich nicht, ob ich hier eine Zukunft haben werde …«

»Amerika?«, fragte Willi erstaunt. »Das wäre für mich als Schriftsteller aber nicht gut. Es würde bestimmt Jahre dauern, bis ich in der fremden Sprache arbeiten könnte. Vielleicht gehen wir ja auch zusammen in die Ostmark – über Beziehungen meines Vaters könnte es unter Umständen gelingen, dass du die deutsche Staatsangehörigkeit bekommst. Habt ihr nicht wenigstens irgendeinen deutschen Onkel oder noch besser einen deutschen Großvater in der Familie?«

Wenn das Mikolaj hören würde! Nach Amerika auszuwandern, wäre schon schlimm genug. Aber sich eindeutschen zu lassen, das wäre in seinen Augen perfekter Verrat.

»Ach, wenn bloß der Krieg erst zu Ende wäre«, beschloss ich unseren ersten, nicht gerade unkomplizierten Ausflug in die Zukunft.

»Sieht zurzeit nicht gerade gut aus«, meinte Willi nachdenklich.

»Für euch?«, wollte ich wissen.

»Ach, überhaupt … wir liegen in Russland irgendwie total fest. Kein Vor und kein Zurück. Und dann dieser lausekalte Winter. Ich will nur hoffen, dass sie uns von hier aus nicht zur Verstärkung hinterherjagen …«

Entsetzt ergriff ich seine Hand. O Gott, daran hatte ich bisher gar nicht gedacht. Nur das nicht. Ich würde auch alle amerikanischen Träume sofort begraben, wenn nur Willi nicht an die Ostfront geschickt würde.

Wir beruhigten uns zwar wieder und redeten bis zum Einschlafen nicht mehr davon, aber der Keim einer tiefgründigen Unruhe blieb in uns …

Zwei Tage vor meinem siebzehnten Geburtstag geschah dann das Unglück mit Mikolaj. Es war bereits wieder kurz vor Mitternacht, als ich leise die Tür zu unserer kleinen Wohnung aufschloss, um, wie sonst auch, niemanden zu wecken. Zu meinem Erstaunen brannte noch Licht.

Im Schein zweier Kerzen saß Mutter neben ihrem Bett. Da sie mir den Rücken zugewandt hatte, sah ich nicht sofort, dass sie sich besorgt über meinen großen Bruder gebeugt hatte, der im Bett lag.

Als ich mich näherte, drehte sie sich um und bedeutete mir mit einem Zeichen, still zu sein. Ihre Augen waren verweint und ein paar dunkle Locken hingen ihr wirr ins Gesicht.

»Die Deutschen!«, flüsterte sie mir mit heiserer Stimme zu und nickte mit dem Kopf zu Mikolaj.

Um Himmels willen – was hatten sie mit ihm gemacht? Mikolajs Gesicht lag blass und leblos auf dem Kissen. Obwohl keine Zeichen einer äußeren Verletzung sichtbar waren, musste ihm irgendetwas Schreckliches widerfahren sein.

Mutter wischte mit einem kalten Tuch seine Stirn. Mikolaj reagierte nicht. Ich setzte mich neben Mutter auf den Fußboden und ergriff ihre Hand: »Was ist mit Mikolaj? Du musst mir erzählen, was passiert ist!«

»Nicht so laut, Stefan!«, dämpfte sie meinen aufgeregten Ton. »So viel weiß ich auch nicht. Pawel hat ihn vor zwei Stunden mit einem anderen Jungen hierher gebracht. Mikolaj muss etwas sehr Schlimmes erlebt haben, denn er stand wie unter einem schweren Schock ...«

»Aber er ist doch nicht verletzt, oder?« Da er zugedeckt war, fürchtete ich, dass er vielleicht einen Bauchschuss oder so etwas abbekommen hatte. Einmal hatte ich einen Soldaten auf einer Bahre gesehen. Den hatte ein Bauchschuss erwischt und er hatte ähnlich blass und abwesend ausgesehen wie mein Bruder jetzt.

Zum ersten Mal konnte mich Mutter etwas beruhigen: »Nein, verletzt ist er Gott sei Dank nicht. Aber mit so einem Schock ist auch nicht zu spaßen. Du siehst ja – der große, kräftige Kerl ist gar nicht mehr ansprechbar …« Sie kühlte erneut seine Stirn mit einem in kaltes Wasser getauchten Lappen.

»Kann ich irgendetwas für ihn oder für dich tun?«

Mutter schüttelte den Kopf: »Jetzt nicht, Stefan. Ich bleibe ohnehin die ganze Nacht auf und neben seinem Bett.«

Dann nach einer kleinen Pause: »Es wäre schön, wenn du morgen Abend früher heimkommen könntest. Ich kann mich irren, aber vielleicht braucht dich dein Bruder jetzt …«

»Ich will versuchen, morgen eine Vertretung für die Bühne zu bekommen. Dann kann ich gleich nach der Fabrik hier sein …«

»Danke, Stefan!« Mutters Augen schauten mich so liebevoll an, dass ich ein Gefühl der Beschämung nicht unterdrücken konnte. Wie schwer hatte sie es in den letzten Jahren gehabt, seit Vater weg war – und noch nie hatte sie sich beklagt oder uns ihren Kummer spüren lassen.

Ich musste ein paar Mal tief schlucken. Dann kam mir ein Einfall: »Meinst du, ich kann eben zu Pawel rüber?

Ich will unbedingt wissen, was Mikolaj genau passiert ist.«

»Ja«, nickte sie, »eine gute Idee! Lauf nur, ich war vorhin so erschrocken, dass ich völlig vergaß, richtig nachzufragen, und dann waren die Jungen auch schon wieder weg …«

Schnell zog ich mir wieder meine warme Jacke an und lief die zwei Häuserblocks hinüber zu Pawels Familie.

Leider waren dort im Haus alle Fenster bereits dunkel. Ich trat durch die unabgeschlossene Haustür in den Flur und versuchte, irgendeinen Lichtschalter zu finden. Dabei war ich nicht sicher, ob es hier überhaupt eine elektrische Beleuchtung im Hausflur gab. Jedenfalls fand ich keine und tastete mich deshalb stolpernd die zwei Treppen hoch bis zu Pawels Wohnungstür. Von drinnen war kein Laut zu hören.

Einen Moment zögerte ich. Dann klopfte ich kräftig gegen die Holztür – zweimal lang, zweimal kurz. Kein besonders originelles Signal, aber es sollte beruhigen, dass keine Deutschen Einlass begehrten. So hatten wir es seit Kriegsbeginn verabredet und inzwischen war es zur Gewohnheit geworden.

Noch immer rührte sich nichts. Aber Pawel musste doch zu Hause sein! Er arbeitete wie ich in der Fabrik und musste morgens auch früh hoch. Ich klopfte erneut.

Endlich hörte ich schlurfende Schritte. Dann ging die Tür einen kleinen Spalt auf. Es war Pawels Mutter:

»Aber Stefan – was ist denn mit dir? Warum kommst du um diese Stunde zu uns? Bei uns schlafen schon alle – auch Pawel!«

»Bitte lassen Sie mich eben kurz zu Pawel«, beschwor ich sie. »Ich muss ihn unbedingt sprechen. Ich werde auch bestimmt gleich wieder gehen!!«

Sie brummte erst noch etwas Unverständliches, öffnete aber schließlich die Tür und zeigte auf eine Zimmertür am Ende des Flurs: »Da schlafen die Jungen. Aber sei bitte leise und wecke die anderen nicht …« Ohne ein weiteres Wort verschwand sie.

Inzwischen hatten sich meine Augen einigermaßen an die Dunkelheit im Haus gewöhnt. Als ich die Tür zu Pawels Zimmer geöffnet hatte, sah ich zuerst mehrere Jungen ziemlich durcheinander auf dem Boden liegen, offensichtlich mehr oder weniger in tiefem Schlaf versunken. Dann erspähte ich jedoch einen, der nicht schlief, sondern am Fenster kauerte und jetzt zu mir herüberstarrte – Pawel! Auch er hatte mich sofort erkannt.

»Hau ab, du Verräter!«, zischte er mir leise zu, bevor ich auch nur den Mund auftun konnte.

»Verdammt noch mal, du Spinner!«, raunte ich zurück, »komm raus, ich muss mit dir sprechen!«

Er blieb am Fenster kauern: »Mit dir habe ich nichts zu besprechen. Mach, dass du abhaust, bevor ich dich packe!«

Jetzt war mir alles egal. Offensichtlich bekam ich ihn nur hier heraus, wenn ich ihn genauso provozierte: »Du blöder Hund! Komm runter in den Hof, wenn du nicht feige bist!« Damit knallte ich zornig seine Zimmertür zu und polterte geräuschvoll die Treppe hinunter.

Schon länger hatten mich Pawel und einige andere Jungen in der Fabrik keines Blickes mehr gewürdigt. Bisher war mir das auch unwichtig erschienen. Jetzt ging es aber um Mikolaj.

Ich stand nur wenige Minuten allein vor der unbeleuchteten Haustür. Dann hörte ich Pawels Schritte im Treppenhaus und kurz darauf sprang die Tür auf. Pawel kam wutschnaubend auf mich zu. Bevor ich etwas sagen konnte, packte er mich am Hals und schlug mir mit der flachen Hand ins Gesicht.

Nur mit Mühe konnte ich mich mit einem Ruck herauswinden. Pawel war etwas älter als Mikolaj und genauso kräftig. Trotz der Kälte hatte er nur Stiefel zu seiner Schlafanzughose angezogen und ein ziemlich zerrissenes Unterhemd übergestreift. Jetzt nahm er die angespannte Haltung eines Boxers ein. Deutlich traten die Muskeln an seinen Oberarmen hervor.

Ich versuchte erst noch, ihn zu besänftigen: »Mensch Pawel, ich komme doch wegen Mikolaj. Ich muss von dir wissen, was passiert ist!«

»Du?«, schrie mich Pawel außer sich vor Wut an. »Du willst das wissen? Wahrscheinlich weißt du es von uns allen am besten!«

Und zack – hatte ich wieder einen Schlag sitzen. Nun gab es wirklich kein Zurück mehr. Ohne noch weiter zu überlegen, trat ich, so kräftig ich konnte, gegen sein Schienbein und versuchte dann, durch seine Deckung zu schlagen. Aussichtslos – Pawel war einfach ein trainierter Kerl und ich landete außer meinem Schienbeintritt keinen einzigen weiteren Treffer. Dafür drosch Pawel nun ungehemmt auf mich ein. Ich hatte das Gefühl, dass er mich ganz systematisch auszählte. Es war ihm anzumerken, wie lange er darauf gewartet hatte.

Als ich das erste Mal zu Boden ging, half er mir sogar noch beim Hochkommen. Aber nur, um dann schließlich noch einen letzten, bilderbuchreifen Schlag gegen meine Nase zu landen. Als ich meinen Kopf kurz darauf vorsichtig aus dem Schnee hob, sah ich, wie ein kräftiger Blutstrom aus der blitzschnell angeschwollenen Nase den weißen Grund rot einfärbte.

Ich spürte, dass Pawel noch über mir stand. Mit letzter Kraft murmelte ich in seine Richtung: »Was ist mit Mikolaj passiert?«

Ob es nun Mitleid war oder gar Verunsicherung über meine Beharrlichkeit – endlich warf mir Pawel die gewünschte Information zu:

»Mikolaj und zwei andere Jungen aus unserer Gruppe wurden gestern von Soldaten im Wald aufgegriffen. Die Soldaten behaupteten, wir hätten Waffen gestohlen und versteckt. Die zwei anderen haben sie laufen lassen, aber deinen Bruder stellten sie an einen Baum und sagten, dass sie ihn erschießen würden, wenn er das Versteck nicht preisgäbe …«

Auch Pawel musste einen Moment Luft holen. Dann stieß er mich leicht mit seinem Stiefel an:

»Komm, steh auf und markier nicht! Wenn Mikolaj nicht dein Bruder wäre, hätten wir dich schon längst vorgenommen. Es ist nicht gut, wenn man den feinen Pinkel spielt und zu dicke mit den Deutschen tut. Jetzt siehst du ja, wie deine Freunde mit deinem Bruder umgegangen sind ...«

Mühsam erhob ich mich aus dem Schnee. Endlich konnte ich einigermaßen aufrecht vor Pawel stehen: »Ihr heldenhaften Vaterlandsverteidiger kotzt mich so an!«

Ich konnte mich ihm gegenüber einfach nicht zurückhalten. Auch meine Wange schwoll inzwischen an und machte das Sprechen etwas mühsam: »Was habt ihr denn bisher schon erreicht mit euren Indianerspielen? Dass ihr euch als etwas Besonderes fühlt und auf andere herabsehen könnt ... Mensch Pawel, ich habe Mikolaj bei niemandem verpfiffen! Weiß der Teufel, wie ihr da in die Kontrolle geraten seid ... Jetzt sag mir aber endlich, was sie mit meinem Bruder gemacht haben? Er liegt daheim und ist überhaupt nicht ansprechbar!«

Pawel schaute mich ernst und, wie mir schien, prüfend an. Er hatte spürbar Dampf abgelassen. Mit zum ersten Mal ruhiger Stimme fuhr er fort: »Da war so ein deutscher Hauptmann, ein ganz brutaler Kerl! Wir lagen ja nicht weit weg hinter ein paar Büschen und konnten alles genau sehen: Sie haben deinem Bruder Jacke und Hemd ausgezogen und ihn an einen Baum gefesselt.

Dann fing dieser Hauptmann an zu schreien: ›Wo ist das Versteck, Polensau?‹ Und da Mikolaj nichts sagte, schoss er eine Kugel haarscharf an seinem Kopf vorbei. So ging das zehn- oder fünfzehnmal. Zuletzt schrie der Hund nur noch: ›Polensau!‹, und drückte ab, bis seine Magazine leer waren …

Keine Ahnung, warum er ihn nicht wirklich abgeknallt hat. Vielleicht hatte er plötzlich keine Lust mehr. Jedenfalls zog der Hauptmann mit seinen Leuten schließlich weiter. Mikolaj ließen sie in der Eiseskälte, mit nacktem Oberkörper an den Baum gefesselt, einfach stehen … Wir warteten noch ein paar Minuten, ob sie auch wirklich weg waren, und banden ihn dann los. Erst jetzt sahen wir, dass sein Gesichtsausdruck völlig versteinert war und er auf keine Ansprache mehr reagierte. Selbst seine Jacke mussten wir ihm überstreifen wie einem kleinen Kind. Als es dunkel war, haben wir ihn zu euch nach Hause gebracht …«

»Danke, Pawel!«, sagte ich etwas undeutlich, bevor ich mich abwandte, um zurück nach Hause zu laufen. Ich sah seinen erstaunten Blick, aber hatte keine Lust mehr, noch länger mit ihm herumzustehen.

Bevor ich bei uns daheim ankam, versuchte ich, mein Gesicht wenigstens einigermaßen von Blutspuren zu reinigen.

Trotzdem sah Mutter die geschwollene Nase und fragte erschrocken und ahnungsvoll: »Pawel?«

Mutter und ich rückten dicht zusammen am Bett von

Mikolaj. Der Ofen war längst ausgegangen. Wir breiteten eine große Decke über unsere Schultern und blieben so bis zum Morgen sitzen. Irgendwann, als es schon dämmerte, schlummerte sie ein wenig ein, und ich stand auf und ging ohne Frühstück zur Arbeit. Mikolaj hatte die ganze Nacht ruhig geschlafen …

Tagsüber dachte ich nach, wen ich als Vertretung für die Bühne gewinnen könnte. Zum Glück hatte ich im gegenwärtigen Stück nur eine relativ simple Statistenrolle. Ich dachte zuerst an Zygmund, einen polnischen Bühnenarbeiter, der etwa in meinem Alter war und meine Statur hatte, sodass ihm mein Kostüm ohne Änderungen passen müsste. Außerdem wusste ich von ihm, dass er lange schon gern auf der Bühne gestanden hätte und nicht immer nur dahinter. Tatsächlich war er sofort einverstanden und so gingen wir gemeinsam zu Herrn Werner.

»Es ist in Ordnung, Stefan!«, meinte der, ohne zu zögern. »Nimm dir mal für den Rest der Woche frei. Du siehst wirklich nicht gut aus.«

Ach ja, an mein geschwollenes Gesicht hatte ich gar nicht gedacht.

Als ich mich bedankte und dann verabschieden wollte, fügte Herr Werner noch freundlich hinzu: »Schönen Geburtstag übrigens noch – du hast doch morgen deinen Ehrentag, nicht?«

Ich versuchte zu lächeln: »Ja – mein siebzehnter!« Ich war froh, dass er nicht weiter nachfragte.

Vom Theater ging ich jedoch nicht direkt nach Hause. Zuerst lief ich auf der alten Landstraße zu unserer Scheune, um Willi eine Nachricht zu hinterlegen. Auf den Rand eines Stückes Zeitungspapier notierte ich, ohne Namen zu nennen:

»Mein Bruder ist misshandelt worden. Die nächsten drei Abende bleibe ich daheim, um für ihn da zu sein. Am vierten Abend bin ich wieder hier. Ich liebe und küsse dich.«

Das Papier klemmte ich an dem Vorsprung fest, über den Willi immer seinen Mantel hängte.

Als ich später zu Hause eintraf, ging es Mikolaj unverändert. Eher noch etwas schlechter, denn er hatte hohes Fieber bekommen.

Man konnte Mutter ansehen, dass sie völlig übermüdet war. Die drei kleinen Geschwister hatte sie zu Nachbarn gegeben, damit Mikolaj wirklich Ruhe bekam.

Es war gut, dass wir uns die folgenden zwei Tage rund um die Uhr abwechseln konnten in seiner Betreuung. Viel war zwar nicht zu tun – außer alle paar Stunden sein durchgeschwitztes Hemd zu wechseln und ihm ab und zu etwas Tee einzuflößen. Aber wir glaubten beide daran, dass er tief im Unterbewusstsein spüren würde, dass immer jemand bei ihm war.

Endlich – am dritten Morgen konnte ich Mutter zum ersten Mal mit einer guten Nachricht wecken, bevor ich zur Arbeit ging: »Berühr mal seine Stirn, Mamuschiu – das Fieber ist weg! Mikolaj ist über den Berg!«

Mit einem Satz war sie auf den Beinen und fühlte Temperatur und Puls bei ihm. Dann fiel sie mir um den Hals und beide schluchzten und heulten wir vor Erleichterung.

Beinahe vergnügt lief ich zur Arbeit. Direkt vor dem Fabriktor stieß ich fast mit Pawel zusammen. Seit unserer Schlägerei waren wir uns gegenseitig aus dem Weg gegangen.

»Mikolaj geht es besser!«, platzte ich los.

Pawel verzog keine Miene. Ohne ein Wort wandte er sich ab, um zu seiner Abteilung zu gehen. Nach ein paar Metern blieb er jedoch noch mal stehen und drehte sich zu mir um: »Grüß ihn!«

Kaum konnte ich den Feierabend erwarten. Als ich endlich am Nachmittag daheim war, übertraf der Anblick alle Hoffnungen: Mikolaj saß aufrecht im Bett und kaute auf einem Stück Brot herum!

Er war zwar immer noch blass, grinste aber schon breit. »Komm her, du Lump – ich habe gehört, du hast dich wegen mir mit Pawel geschlagen? Sag ihm mal 'nen schönen Gruß, der soll nur warten, bis ich wieder auf den Beinen bin. An unserer Familie hat der sich noch lange nicht zu vergreifen!«

Wie froh war ich, dass es Mikolaj wieder besser ging! Aller Streit der letzten Wochen war vergessen. Er war dem Gefühl gewichen, dass wir uns noch immer aufeinander verlassen konnten, wenn es darauf ankam.

Nach Tagen und Nächten der Sorge gab es endlich wieder einen frohen Abend bei uns daheim. Auch die kleinen Geschwister freuten sich, dass wir wieder alle zusammen waren.

Als Mutter sich, von den langen, schlaflosen Nächten erschöpft, mit den Kleinen zum Schlafen gelegt hatte, setzte ich mich zu Mikolaj ans Bett.

»Sag mal, welcher Tag ist eigentlich heute?«, wollte er plötzlich wissen.

Als ich es ihm sagte, schaute er mich lachend an: »Das gibt's ja wohl nicht! Da hast du gestern deinen siebzehnten Geburtstag einfach ohne mich gefeiert?«

Ach, mein Geburtstag. Mutter und ich hatten ihn wirklich völlig vergessen. Der Letzte war Herr Werner gewesen, der daran gedacht hatte.

Mikolaj nahm meinen Arm und zog mich ganz dicht zu sich heran. Dann gab er, der obermännliche Mann, mir einen richtig liebevollen Kuss auf den Mund: »Herzlichen Glückwunsch!«

Deutlich standen mir mit einem Mal die Erlebnisse jenes Abends vor einem Jahr mit Mikolaj wieder vor Augen. Plötzlich war mir klar, dass es vielleicht nie wieder eine Chance geben würde wie diese, alles ehrlich zu sagen.

»Mikolaj, ich muss dir etwas erzählen, was bisher kein Mensch auf der Welt weiß, nicht einmal Mutter. Es kann sein, dass du hinterher, wenn ich es dir gesagt habe, endgültig nichts mehr von mir wissen willst. Aber ich kann nicht anders. Entweder ich kann dein Bruder sein, so wie ich bin – oder es hat sowieso alles keinen Sinn …«

Mikolaj ließ meinen Arm los und setzte sich auf. Ich spürte, dass er bereit war zuzuhören, was immer ich ihm zu berichten hätte.

»Du weißt, was wir gemacht haben, an meinem sechzehnten Geburtstag, als wir zusammen getrunken haben und du mir dann von Mädchen erzählt hast …«

Er nickte und schaute mich gleichzeitig fragend an: »Ja und – das war doch nicht schlimm, oder? Was meinst du, wie viele Jungen das miteinander tun in unserem Alter! He, hast du etwa eine Freundin?«

»Ja, so ähnlich. Ich kenne seit ein paar Wochen einen deutschen Soldaten, der mein Freund ist.«

Jetzt war es raus. Erschöpft und erleichtert lehnte ich mich im Stuhl zurück. Nun sollte kommen, was wollte.

Doch Mikolaj kapierte überhaupt nichts: »Ach du Scheiße, wieso denn mit einem Soldaten? Mensch, wenn du schon so 'n starken Trieb hast und kein Mädchen bekommen kannst, dann mach's doch mit einem von uns – wieso denn mit so 'nem Uniformhengst? Du siehst doch, wie die Hunde mit uns umgehen, wenn sie mal von der Leine gelassen werden.«

Jetzt beugte ich mich zu Mikolaj hinüber und blickte ihm direkt in die Augen: »Mann, mir geht es nicht um das Rumgewichse! Ich bin verliebt, begreif mich doch! Ich träume von Männern wie du von Frauen – und ich liebe diesen Soldaten!«

Gebannt starrte ich auf sein stummes Mienenspiel und wartete darauf, welches Gefühl die Oberhand behalten würde: seine Verachtung gegenüber »den Schwulen« und seine Freundschaft mit den anderen Jungen, die genauso dachten wie er – oder seine Zuneigung zu mir?

Endlich entspannte sich sein Körper wieder etwas. Er wischte sich mit dem feuchten Tuch über die Stirn und trank einen großen Schluck Tee. Dann sprach er zu mir:

»Ich habe Angst um dich, kleiner Bruder! Ich habe Angst, weil das kaum einer begreifen wird und ich auch nicht weiß, wie ich das irgendeinem von unseren Leuten erklären soll. Das Komische ist – ich verstehe dich mit einem Mal!

Ehrlich gesagt: Ich habe dich in den letzten Monaten nicht mehr verstanden. Ich fürchtete, du wärst hereingefallen auf den ganzen Kram, den du von den Deutschen geschenkt bekommen hast. Das hätte ich dir nie verzeihen können.

Aber was du mir jetzt sagst – weißt du, ich begreife jetzt ein ganzes Stück mehr, warum du dich von unseren Banden zurückgehalten hast – und auch, warum du so viel im Theater gewesen bist. Es ist verrückt, aber ich bin auf einer Seite fast erleichtert zu wissen, dass du dich mit dem Soldaten nicht herumgetrieben hast, weil du dich als Verräter hast kaufen lassen, sondern weil du ...« – es fiel ihm noch schwer, das richtige Wort zu finden – »ihn liebst?«

Ich nickte stumm und aufgewühlt. Es war gelungen. Er hatte mich verstanden. Ohne falsches Mitleid, ohne oberflächliche Sprüche gegen »Schwule«. Ich fühlte, dass ich nun keine Angst mehr vor dem Rest der Welt zu haben brauchte …

Nach diesem Gespräch mit Mikolaj begann noch einmal eine beinah unbeschwerte Zeit für mich, wenn man bedenkt, wie sehr alle litten unter den allgemeinen Kriegsbedingungen. Nahrungsmittel für Polen waren inzwischen auf ein Minimum reduziert, eine medizinische Versorgung existierte überhaupt nicht mehr.[8] Das war umso schlimmer, als immer häufiger Seuchen und Infektionskrankheiten ausbrachen, die es mit besserer Ernährung und ausreichender Hygiene nie gegeben hätte.

Willi hatte ich ausführlich von meinem Gespräch mit Mikolaj berichtet. »Ein feiner Kerl, dein Bruder!«, meinte er anerkennend. »Weißt du, solche Schweinehunde wie den Hauptmann, der ihn damals gequält hat, habe ich auch schon kennen gelernt. Im Grunde sind das selbst meistens unglückliche Menschen. Du darfst die nur nie mit Macht ausstatten, dann wird's fürchterlich, weil sie nichts dabei finden, wenn Menschen leiden.«

Dann kam mir noch eine andere Sache in den Kopf, die ich Willi schon lange fragen wollte: »Weiß dein Vater, dass du lieber mit Männern zusammen bist als mit Frauen?«

»Kein Wort!« Er schüttelte traurig den Kopf. »Der würde mich sofort enterben.« Ich musste lachen: »Siehst du, das Problem mit dem Erbe habe ich wenigstens nicht.«

Für Willi war der Krieg so etwas wie ein Beruf mit Dienstzeiten und Feierabend geworden. Ich ging eben in die Fabrik. Es gab im Frühjahr 1942 kaum noch Tätigkeiten, die nicht »kriegswichtig« waren. Aber Krieg mit Kämpfen und Schießen, mit Morden und Plündern, das schien uns weit weg, woanders, hinten in Russland oder inzwischen auch unten in Nordafrika. Hier in unserer Scheune, zwei Kilometer vor Toruń, jetzt Thorn, waren nur wir.

Umso größer war das Erschrecken, als Willi eines Abends Mitte April 1942 hereingestürzt kam, mich nicht wie sonst mit einem Kuss begrüßte, sondern sofort herausplatzte: »Mensch, Stefan – ich muss an die Front!! Die ganze Einheit wird verlegt – übermorgen rücken wir ab.«

Mir stockte der Atem. Wie verrückt fingen beide Hände an zu zittern. »Warum – verdammt noch mal? Warum? Warum?«, schrie ich ihn an.

»Warum?« Willi hatte es selbst erst an diesem Abend erfahren. »Warum – fragst du? Stefan – das schert die doch einen Scheißdreck, ob wir uns lieben oder nicht! Es ist Krieg!«

»Und wenn du einfach abhaust? Wenn wir beide versuchen, uns irgendwohin durchzuschlagen, wo kein Krieg ist?«

Willi sah mich mitleidig an: »Und wo ist das? Wo ist heute kein Krieg? Da müssten wir schon bis nach Amerika schwimmen …«

»Nein!«, schrie ich noch einmal, um meine aufsteigenden Tränen zu unterdrücken. Es war so entsetzlich klar, dass wir nichts gegen die bevorstehende Trennung tun konnten. Auf Desertation von der Truppe stand die Todesstrafe.

Es wurde der traurigste Abend, den ich je mit Willi verbracht hatte. Erst überlegten wir noch, wie wir wenigstens versuchen wollten, Kontakt über Briefe zu halten. Willi versprach, mindestens jede Woche einen Brief an mich zu schreiben, und sobald er eine feste Anschrift für etwas länger haben würde, könnte ich ihm dann antworten. Ich sollte auf alle Fälle seinen ersten Brief abwarten, da er mir so seine neue Feldpostnummer mitteilen wollte. Es stand außer Frage, dass wir uns durch nichts auseinander bringen lassen wollten – durch diesen elenden Krieg schon gar nicht.

Natürlich hatte ich entsetzliche Angst um ihn. Abordnung an die Front – das bedeutete ein Ende des vergleichsweise gemütlichen Dienstes im Versorgungsbataillon. Und – Todesgefahr! Wie viele junge Männer hatten bis jetzt schon ihr Leben in den Kämpfen auf allen Seiten gelassen!

Wir blieben bis zur letzten Minute zusammen. Es war sehr unsicher, ob seine Einheit vor dem Abrücken noch einmal Ausgang bekäme. Deshalb war es notwendig, dass wir alles Wichtige noch in dieser Nacht besprachen.

Zuletzt ließ sich die Trennung nur noch dadurch hinauszögern, dass ich mich entschloss, bis fast zum Haupttor seines Militärquartiers mitzukommen. Das hatten wir aus

Angst vor Entdeckung bisher nie getan. Heute konnten wir darauf keine Rücksicht nehmen.

In einem gegenüberliegenden Hauseingang nahmen wir uns lange und innig in den Arm. Welches tiefe Glück hatten wir in all den vergangenen Monaten erfahren. Es war keine Frage mehr für uns, dass wir unser Leben miteinander verbringen wollten …

In den ersten Tagen ohne Willi schaffte ich es noch ganz gut, mich durch allerlei zusätzliche Arbeiten im Theater abzulenken. Als nach zwei Wochen noch immer kein Brief oder sonst irgendeine Nachricht von ihm da war, wurde ich unruhig.

In keiner Nacht schlief ich mehr durch, sondern erwachte immer wieder, von Angstträumen aller Art geplagt. Wie gut, dass Mikolaj inzwischen ja von allem wusste und voller Verständnis auf meine Sorgen reagierte.

»Vielleicht hat er schon längst geschrieben!«, sagte er einmal beruhigend zu mir. »Du weißt ja gar nicht, wo er zurzeit ist. Es ist doch möglich, dass von dort überhaupt keine Post geht. Und dann bekommst du plötzlich fünf Briefe auf einmal.«

Kein einziger Brief kam in Toruń an. Nicht in den folgenden zwei Wochen, nicht im folgenden Monat. Nach zwei Monaten Warten war ich so voller Angst, dass ich alles unternommen hätte, nur um zu wissen, ob er noch am Leben und bei Gesundheit war. Aber wie nur – wie?

Dabei zweifelte ich während der ganzen Zeit nicht ein einziges Mal daran, dass er schreiben würde, wenn er nur könnte. Außer zu Mutter und Mikolaj hatte ich zu keinem Menschen auf der Welt ein größeres Vertrauen als zu ihm.

Es war bereits Mitte Juni, als ich im Theater von Herrn Werner zufällig erfuhr, dass er einem Bruder, der auch an der Ostfront war, immer an eine zentrale Wehrmachtsanschrift Briefe sandte. Von dort würde die Post dann je nach aktueller militärischer Lage mittels Feldpostnummer direkt an die einzelnen Frontabschnitte weitergeschickt.

Einmal, nach einer Probe, als Herr Werner für einen Moment ans Telefon gerufen worden war, schrieb ich mir heimlich diese Anschrift ab. Mir war klar, was ich zu tun hatte. Es war wenig genug, was ich machen konnte. Aber das wollte ich nicht unversucht lassen.

Noch in dieser Nacht schrieb ich an Willi …

## *Der Brief*

Mitte August 1942 steckte ich die folgenden Zeilen in einen Briefumschlag und sandte sie fest zugeklebt an jene zentrale Wehrmachtsanschrift für deutsche Soldaten an der Ostfront:

*»Lieber Willi!*

*So lange habe ich von dir gar keine Nachricht. Ich mache mir so viele Gedanken darüber. Du fehlst mir so sehr. Ich denke jeden Tag an dich. Ich bin ständig mit Gedanken bei dir. Ich bete jeden Tag, dass du gesund zurückkehrst.*

*Ich arbeite wie vorher auch im Theater, aber ich gehe nirgends aus. Auch nicht dort, wo wir uns getroffen haben. Ich bin dir treu und will es mein ganzes Leben lang bleiben. Bitte schreibe mir so schnell wie möglich, damit ich beruhigt sein kann. Ich kann nicht schlafen, ich denke immer nur an dich.*

*Ich grüße und küsse dich, dein Stefan.«*[9]

Einen Moment überlegte ich noch, ob ich meinen Absender auf die Rückseite schreiben sollte, denn Willi hatte meine Anschrift ja. Aber dann hielt ich es für sinnvoll, weil es möglich sein müsste, den Brief zurückzusenden, falls er nicht zustellbar wäre.

Wieder vergingen bange Wochen des Wartens. Nichts geschah. Immer öfter musste ich denken: Lieber Gott, warum hast du ihn nicht beschützt? Ich war nach wie vor sicher, dass er Kontakt zu mir aufgenommen hätte, wenn es nur möglich gewesen wäre.

Inzwischen hatte ich begonnen, im Theater auch bei den Bühnenarbeitern mitzuhelfen. Ich wollte nicht mehr durch die Stadt bummeln, weil ich dann nur noch mehr an Willi denken musste. Ein wenig freundete ich mich in dieser Zeit mit Zygmund an, dem ich einmal mein Herz ausgeschüttet hatte, weil er zu mir immer sehr nett war, und ich wusste, dass er auch homosexuell war.

Von Zygmund wussten es alle. Er hatte wie ich blonde Haare, allerdings zu seinem Kummer einen recht starken Bartwuchs. Während ich Stoppelbärte eigentlich ganz gut fand und mir wünschte, meiner würde endlich etwas mehr sprießen, träumte Zygmund davon, als Diva, wie er es nannte, in die Geschichte einzugehen. Erst fand ich es ziemlich blöd, als ich ihn das erste Mal geschminkt und mit langen Tüchern hinter der Bühne herumlaufen sah. Ich dachte unwillkürlich – typisch schwul, genauso ein Bild haben Mikolaj und seine Freunde im Kopf.

Aber je mehr ich Zygmund kennen lernte, umso mehr dachte ich: Wieso eigentlich nicht? Er ist einer der hilfsbereitesten und lustigsten Leute im Theater, und wenn es ihm gefällt? Wieso müssen überhaupt manche Leute anderen immer erklären, was für diese gut ist?

Endgültig Achtung bekam ich vor Zygmund an einem Abend Anfang September 1942: Wir hatten noch zusammen letzte Aufräumarbeiten erledigt und waren gerade dabei, uns beim Pförtner zu verabschieden, um jeder für sich nach Hause zu gehen, als mich Zygmund anstieß und fragte:

»Sag mal, du Romantiker, denkst du immer noch an deinen starken Traummann? Ich wollte dich nämlich lange schon fragen, ob du mir nicht mal eure Scheune zeigen könntest, von der du mir erzählt hast.«

Ich sah ihn mit hochgezogenen Augenbrauen an – wieso wollte er das wissen?

»Nein, Kleiner, nicht was du denkst!« Zygmund machte

eine wegwerfende Bewegung mit dem Arm: »Ich brauche kein Quartier für meine Männer. Ich muss nur immer wieder daran denken, was du mir erzählt hast, und dachte, wir sollten vielleicht zusammen mal nach dem Rechten sehen. Was meinst du?«

Eigentlich kein schlechter Gedanke. Seit dem Abschied von Willi war ich nur noch ein einziges Mal da gewesen, um ein paar unserer »Schätze« abzuholen und zu uns nach Hause zu bringen. Ich hatte mich dort so schrecklich einsam gefühlt und wie überwältigt von all den Erinnerungen, dass ich es nicht mehr über mich gebracht hatte, dort noch mal allein hinzugehen. Aber mit Zygmund, der wenigstens ungefähr wusste, was ich erlebt hatte, wollte ich es schon wagen.

Der Weg kam mir an diesem Abend ungewöhnlich lang und beschwerlich vor. Endlich erreichten wir den kleinen Steinpfad. Durch den Hügel und die dichte Bewaldung war die Sicht selbst hier noch versperrt, und die Scheune war, wie am ersten Abend damals, noch nicht zu sehen, obwohl wir schon fast vor ihr standen.

»Hier soll das sein?«, flüsterte Zygmund aufgeregt und schaute sich suchend um.

Einen Moment später standen wir vor der vertrauten Seitentür. Als ich wie gewohnt leicht dagegendrückte, um sie aufzustoßen, spürte ich einen Widerstand. Die Tür ließ sich nicht öffnen. Erschrocken schaute ich Zygmund an – jemand musste die Tür verriegelt haben!

Bevor wir auch nur einen weiteren Gedanken fassen

konnten, flog die Tür mit einem Schlag von innen auf, und mehrere Männer stürzten heraus und packten uns am Kragen. Zygmund versuchte noch, sich loszumachen und zu schreien, aber er wurde von zwei Kerlen einfach hochgehoben und ins Innere der Scheune geschleppt. Einer von den beiden hielt ihm die flache Hand auf den Mund gepresst, sodass Zygmund nur ein leises Röcheln von sich geben konnte.

Kaum waren wir drinnen, versperrte einer von ihnen wieder sorgfältig die Tür und zischte uns leise auf Polnisch zu: »Wenn ihr nur einen Laut gebt, dann seid ihr erledigt! Wir spaßen nicht!«

Daran konnte kein Zweifel sein. Indem sich meine Augen etwas an die Dunkelheit gewöhnen konnten, meinte ich zu erkennen, dass es vier Männer waren, die allesamt in ziemlich zerrissenen Sträflingsklamotten steckten. Ihr Alter war schwer zu schätzen, weil sie erbärmlich heruntergekommen und unrasiert waren. Drei waren bestimmt älter als zwanzig, einer war eher jünger noch als Zygmund und ich.

Als Erster meldete sich jetzt Zygmund zu Wort: »Kommt ihr aus Stutthof?«[10]

Was meinte er damit? Ich war erstaunt, wie ruhig und überlegt Zygmund das Gespräch aufnahm, obwohl er doch gerade einen Schlag ins Gesicht abbekommen hatte.

Einer der Männer nickte. »Und ihr seid Polen aus Toruǹ?«

Wieder sprach Zygmund: »Ja, keine Angst, wir verpfeifen euch nicht. Aber es ist jede Menge deutsches Militär in der Gegend, das wisst ihr, nicht?«

»Wir haben nicht mehr viel zu verlieren!«, sagte derselbe Mann, der zuerst gesprochen hatte.

»Und wo wollt ihr von hier aus hin?« Zygmund redete, als könnte er ihnen etwas vorschlagen.

Dem einen Häftling war noch Misstrauen anzumerken: »Was sollen wir darauf sagen? Für uns gibt's nicht viele Alternativen. Könnt ihr uns mit etwas Nahrung helfen?«

Zygmund sah mich kurz an. Ich nickte. Klar war ich bereit zu helfen. Dann sprach er zu den Männern:

»Ihr seid zu viert. Das ist schlecht. So wie ihr jetzt ausschaut, könnt ihr euch nirgends sehen lassen. Ich mache euch einen Vorschlag: Wir geben dem Jungen, der bei euch ist, Kleidung von uns. Dann nehmen wir ihn mit in die Stadt. Ich kenne Leute, die Kontakt zu Partisanen haben. Das ist eure einzige Chance, wenn die euch hier herausholen. Ob es klappt, weiß ich auch nicht. Aber für uns ist es auch zu gefährlich, hier wieder mit Fresspaketen aufzukreuzen. Wenn man uns bei euch erwischen würde, wären wir genauso dran – und euch wäre auch nicht geholfen. Also – beratet den Vorschlag kurz und lasst uns wissen, ob ihr damit einverstanden seid!«

Ich bekam meinen Mund vor Staunen nicht mehr zu: Der ewig damenhaft-kichernde Zygmund mit seinen aufgedrehten, blonden Locken und dunkel geschminkten Augen organisierte hier mit einer Bedachtsamkeit eine Hilfsaktion, wie ich sie nie hinbekommen hätte. Während die Männer flüsternd miteinander berieten, stieß er mich grinsend an: »Nun, guck nicht so, kleiner Märchenprinz – was sollte ich denn anderes machen? Meinst du, die würden uns lebend wieder ziehen lassen, wenn wir ihnen nicht Hoffnung auf Rettung geben?«

Nur eine Sekunde erschrak ich: »Aber du meinst es doch ehrlich?«

Zygmund blickte ernst und traurig zurück: »Seit ich weiß, dass die Nazis in Deutschland systematisch auch Homosexuelle auf Urlaub in ihre Konzentrationslager schicken, tue ich nichts lieber auf der Welt, als diesen Barbaren eins auszuwischen …« Erst jetzt erschien wieder sein schelmisches Grinsen.

Schließlich kam der erste Mann, der ein akzentfreies Polnisch sprach, wieder auf uns zu und hockte sich neben uns: »Einverstanden – Pascal wird mit euch gehen. Er ist erst fünfzehn. Ein jüdischer Junge aus Paris. Er spricht kein Polnisch, aber ein wenig deutsch. Wird das gehen?«

»Wir müssen es versuchen!«, nickte Zygmund. »Lasst uns jetzt keine Zeit verlieren. Je eher ihr Kontakt zu den Partisanen bekommt, umso besser …«

Von Zygmund bekam Pascal Schuhe und ein Tuch, das er sich um seine Sträflingshose binden konnte. Ich zog mein Oberhemd für ihn aus. Da es eine laue Spätsommernacht war, fiel es nicht weiter auf, dass Zygmund nun barfuß war und ich einen freien Oberkörper hatte. Wir sahen aus wie drei Freunde, die den Abend in der Natur verbracht hatten und nun in die Stadt zurückkehrten.

In der Nähe, wo Zygmund wohnte, trennten wir uns. »Du solltest nicht mitkommen, Stefan«, meinte er leise zu mir. »Dir gegenüber besteht immer noch Misstrauen bei manchen unserer Leute. Nimm's nicht übel – sind eben auch Holzköpfe dabei! Ich erzähl dir morgen Abend im Theater, wie es ausgegangen ist ...«

Ich gab den beiden kurz die Hand und lief dann direkt nach Hause. Ich konnte nicht anders, als Mikolaj zu wecken und ihm flüsternd zu erzählen, was geschehen war.

»Gut!«, sagte er, als ich geendet hatte. »Das war das einzig Richtige.« Und nach einer kleinen Pause fügte er hinzu: »Wusstest du nicht, dass Zygmunds Onkel bei den Partisanen ist?«

Am folgenden Abend verdrückten Zygmund und ich uns sofort im Theater auf die Herrentoilette, um ungestört reden zu können.

»Also, der Jung war wirklich ganz reizend!«, begann Zygmund mit albern nach hinten verdrehten Augen. Dann wurde er aber von einer Sekunde zur anderen ernst und berichtete: »Ein Freund meines Onkels ist noch in der Nacht mit Pascal aufgebrochen. Angeblich haben sie die übrigen drei Männer noch heute vor dem Morgengrauen aus der Scheune herausgeholt. Aber wo die nun hin sind – keine Ahnung ...«

Mir schien ein ähnlicher Gedanke wie Zygmund durch

den Kopf zu gehen: »Mensch – und wir waren da über Monate fast jeden Abend zusammen. Stell dir mal vor, die wären vorher aufgekreuzt, oder wir wären sonst wie entdeckt worden …«

»Ja, ja«, Zygmund grinste schon wieder, »da sieht man mal: Liebe macht doch blind!« Er lachte fröhlich über seinen Scherz. »Übrigens sollten wir uns bei der Scheune nicht mehr blicken lassen. Es könnte gut sein, dass Militärpatrouillen auf der Suche nach den Entflohenen doch noch auf das Versteck stoßen.«

Ich sah die Scheune in meinem Leben nie wieder.

Es war genau eine Woche später während der Arbeit in der Fabrik – am 19. September 1942. Dieses Datum werde ich nie vergessen. Ich stand in Gedanken versunken an meinem Platz und reparierte alte Schläuche, als mich die Stimme des Vorarbeiters aufschreckte: »He, Stefan – schläfst du? Du sollst sofort zum Chef kommen!«

Ich? Was sollte das bedeuten? Den Chef hatte ich bisher immer nur aus der Ferne gesehen, aber noch nie ein Wort mit ihm gewechselt.

Sorgfältig wischte ich mir die verschmierten Hände sauber und ging dann hinüber zu den Büros, um bei seiner Sekretärin anzuklopfen. Die schickte mich gleich durch: »Herr Krieger wartet schon!«

Er hatte mir den Rücken zugewandt, als ich eintrat, und war noch am Telefonieren. Kurz darauf legte er den Hörer auf und drehte sich zu mir um: »Stefan?«

Ich nickte stumm.

»Pack mal deine Sachen zusammen!«, meinte er eigenartig sachlich. »Hier war ein Anruf von der Gestapo. Die wollen dich irgendetwas fragen. Hast du deine Finger bei einer verbotenen Sache im Spiel gehabt?«

Gestapo – die deutsche »Geheime Staatspolizei«: Was sollten die von mir wollen? Mir schoss plötzlich der Gedanke an die Scheune durch den Kopf: Hatten wir irgendwelche Spuren hinterlassen? Waren die Häftlinge doch noch erwischt worden und hatten uns aus Angst oder Verzweiflung verraten?

»Soll ich gleich gehen, Herr Krieger?«

»Ja, sofort! Was denkst du denn?«, brummte er zurück.

Beklommen packte ich meine kleine Tasche. Ich hatte noch nicht einmal mein Frühstücksbrot gegessen.

Die Gestapo hatte ihr Hauptquartier in der ehemaligen Villa eines jüdischen Arztes untergebracht. Der Arzt war mit seiner gesamten Familie gleich zu Kriegsbeginn abgeholt worden. Vor dem Tor des Grundstücks liefen zwei deutsche Polizisten Streife. Ich sagte ihnen, dass ich eine telefonische Vorladung erhalten hätte. Sie klopften kurz meine Jacke und Hose nach Waffen ab und ließen mich dann frei bis zum Hauseingang gehen. Dort nahm ein nicht uniformierter Mann meine Personalien auf, telefonierte kurz und brachte mich dann zu einem Zimmer im Souterrain des Hauses.

Ein kurzes Klopfen, dann öffnete er die Tür, schob mich in den Raum und verschwand wieder.

Mir gegenüber saß ein etwa vierzigjähriger schlanker Mann in Uniform hinter einem mächtigen Schreibtisch. Der Raum selbst war nicht sehr groß, aber es gab noch einen Nebenraum, der sehr karg wirkte. Ich rührte mich nicht von der Stelle.

Erst jetzt blickte er von seiner Aktenmappe auf, drückte resolut eine höchstens halb abgebrannte Zigarette aus und musterte mich eingehend. Dann schoss er ohne einen Gruß ein paar Fragen ab: »Name?« – »Geboren?« – »Wohnhaft?«

Ich antwortete jeweils so deutlich, wie ich vermochte. Trotzdem bellte er zweimal dazwischen: »Lauter!«

Noch immer konnte ich mir keinen Reim darauf machen, was er nun wirklich von mir wollte. Plötzlich winkte er mich etwas mit dem Zeigefinger heran. Ich machte zwei schüchterne Schritte nach vorn.

Er blätterte ein paar Seiten in seiner Aktenmappe um und zog schließlich einen kleinen, braunen Zettel daraus hervor, den er direkt vor meine Nase auf den Tisch knallte: »Kennst du diesen Brief?«

Der braune Zettel, dieses Format – mein Gott … mein Herzschlag dröhnte mir so laut in den Ohren, dass ich meinte, ich müsste schreien, um überhaupt eine Antwort herauszubekommen. Doch nichts geschah – kein Laut kam mir über die Lippen. Vor mir lag der Brief, den ich vor gut zwei Monaten an Willi geschrieben hatte.

»Hast du den geschrieben oder nicht?« Die Stimme des Uniformierten war scharf und herrisch.

Ich nickte stumm. Nur ganz langsam begann ich, die

ganze Wirklichkeit zu erfassen. Irgendein Mensch musste den Brief an Willi geöffnet haben und uns, wahrscheinlich an einen Vorgesetzten, verraten haben. Oder hatte man den Brief etwa bei Willi gefunden, als er verletzt oder womöglich gar getötet wurde?

Die ersten Worte, die ich stockend herausbekam: »Was ist mit Willi? Wie geht es ihm?«

Der Offizier lehnte sich bestätigt zurück: »Also du hast ihm geschrieben!«

Ich war in Gefahr, völlig die Beherrschung zu verlieren: »Bitte, ich flehe Sie an – sagen Sie mir, ob er am Leben ist und ob es ihm gut geht!« In meiner Erregung war ich einen weiteren Schritt auf ihn zugekommen.

Blitzartig holte er mit der Hand aus und schlug mir schallend ins Gesicht: »Zurück, du schwule Ratte!«

Ich taumelte zur Tür und bemühte mich, dort einigermaßen gerade zu stehen. Ich wollte alles tun, wenn er mich nur wissen lassen würde, was mit Willi war.

Der Mann sagte jedoch vorerst gar nichts, sondern zog ganz sachlich eine Schreibmaschine zu sich herüber und spannte ein Formular auf die Walze. Während er den Bogen eindrehte, konnte ich deutlich die schwarzen Lettern auf dem Kopf des Papiers lesen: HAFTBEFEHL.

»Du gibst also zu, dass du diesen Brief eigenhändig geschrieben und abgesandt hast?«, begann er jetzt mit beinahe monotoner Stimme.

Was sollte ich leugnen? Ich gab zu, dass ich den Brief an Willi geschrieben hatte, weil ich mir große Sorgen um ihn gemacht hatte. Er sei ein guter Freund von mir gewesen und wir hätten uns ein paar Mal in der Stadt beim Bahnhof getroffen. Von der Scheune sagte ich natürlich kein Wort.

»Habt ihr Geschlechtsverkehr miteinander gehabt?«, fragte er genauso monoton weiter. Aus seinem Mund klang dieses Wort so eklig, dass ich reinen Gewissens antwortete: »Nein!« Geliebt hatten wir uns mehr als einmal – aber was wusste dieser Kerl vor mir schon davon.

Ich fürchtete, dass er etwas von meiner Verachtung ahnte, denn er blickte plötzlich kühl auf und meinte zu mir: »Du hältst mich für deinen Märchenonkel, ja? Warte mal ab, Schwuler, du wirst dich noch wundern …«

Ohne mich eines weiteren Blickes zu würdigen, hackte er noch eine halbe Seite weiter auf dem Formular herum und zog es dann mit einem Ruck heraus: »Hier unterschreiben!«

Ich versuchte, die Zeilen wenigstens zu überfliegen, aber da schrie er schon: »Unterschreiben, verdammt noch mal!«

Ohne weiter zu zögern, unterschrieb ich. So weit ich es hatte lesen können, war es sogar korrekt. Ziemlich in der Mitte hatte ich entziffern können: »Der Festgenommene weigert sich zuzugeben, den Geschlechtsverkehr mit dem Wehrmachtsangehörigen ausgeübt zu haben …«

Dann wählte er eine kurze Telefonnummer, und nur einen Moment später trat ein junger Soldat herein, um mich abzuführen. Als wir schon in der Tür waren, drehte ich mich noch mal um: »Wissen Sie denn überhaupt, was mit Willi ist?«

Er nahm keine Notiz mehr von mir. Allein dem Soldaten gab er einen leichten Wink: »Raus!«

Den Rest des Tages wurde ich in eine Einzelzelle gesperrt, das heißt in einen Kellerraum mit einer winzigen Luke, der als Gefängniszelle mit einem Klappbett ohne Decke und einem Kübel ausgestattet war. Vorher hatte ich meinen Gürtel und die Schnürbänder abgeben und alle Taschen leeren müssen.

Stunde um Stunde saß ich allein in der Zelle. Draußen waren mal Stiefelschritte, mal ein gebrüllter Befehl zu hören, sonst nichts. Ich verspürte keinen Hunger und keinen Durst. Mich quälte allein die Angst um Willi.

Erst später am Abend dachte ich mit wehem Gefühl an Mutter, Mikolaj und die kleinen Geschwister. Was würde Mutter erleiden müssen, wenn ihr mitgeteilt würde, dass ihr Junge von der Gestapo verhaftet worden sei? Und was würde Mikolaj denken – und was seinen Kumpels erzählen?

Solange es hell war, blieben meine Gedanken trotz allem noch relativ klar. Als es dunkel wurde und ich noch immer keine Ahnung hatte, wie es weitergehen würde, überkam mich plötzlich regelrechte Panik. Vielleicht war Willi gar nichts im Krieg geschehen? Vielleicht hatte ihn erst mein Brief der Gestapo ans Messer geliefert? Irgendjemand im Theater hatte einmal erzählt, dass bei SS-Leuten, Wehrmacht und Polizei homosexuelles Verhalten mit dem Tode bestraft würde … ich hatte das als Horrorgeschichte abgetan …[11]

Die Gedanken in meinem Kopf rotierten. Ich kauerte in einer Ecke des Raumes, ohne richtig zu wissen, wo ich war. Alles war wie ein Albtraum, aus dem ich zu erwachen hoffte durch irgendein erlösendes Zeichen.

Aber dieses Zeichen kam die ganze Nacht über nicht. Als es draußen zu dämmern begann, saß ich immer noch in der gleichen Ecke mit aufgerissenen Augen. Nicht viel später wurde eine Luke in der Tür heruntergeklappt und darauf ein Stück Brot und ein Blechnapf mit etwas warmem, dunklem Wasser gestellt.

Durch die lange verkrampfte Haltung waren meine beiden Beine fast abgestorben. Der Schmerz half mir jedoch, langsam in die Realität dieser elenden kleinen Zelle zurückzufinden. Das hier war kein Albtraum. Ich war verhaftet worden wegen meines Liebesbriefes an Willi, und gegenwärtig war noch unabsehbar, was nun folgen sollte. Immerhin konnte ich in den Kübel pinkeln und das gammelige Brot herunterwürgen. Ich nahm mir fest vor, unsere Liebe nicht schänden zu lassen …

Während ich nachdachte, hörte ich erneut, wie sich Schritte näherten. Zwei Wachleute nahmen mich in ihre Mitte und brachten mich in einen Raum am anderen Ende des Flurs, der genauso aussah wie der Nebenraum, den ich bei meiner ersten Vernehmung gesehen hatte: ein schlichter Steinfußboden, weiß gestrichene Wände, ein Holztisch, drei oder vier einfache Stühle und an der Wand ein Wasserhahn mit Ausguss.

Die zwei Wachmänner, deren Uniform ich nicht deuten konnte, befahlen mir, an der Wand gegenüber dem Tisch Haltung anzunehmen und zu warten. Dann donnerten sie die Tür von draußen zu. Ich stand höchstens ein paar Minuten dort, als die Tür wieder aufflog und drei Männer hereinkamen, von denen zwei in Hemdsärmeln waren und der dritte eine Offiziersuniform mit SS-Abzeichen trug. Dieser hatte auch die gleiche Aktenmappe unter dem Arm, die ich gestern bereits zu Gesicht bekommen hatte.

Die beiden jüngeren Männer setzten sich auf die Stühle und schauten etwas gelangweilt vor sich hin. Der Offizier rückte sich einen Stuhl heran, schaltete eine Tischlampe ein und breitete die Unterlagen vor sich aus.

»Heil Hitler!«, grüßte er mich, als hätten wir uns hier verabredet.

Ich antwortete brav: »Heil Hitler!«, ließ mich aber zu keiner weiteren Äußerung hinreißen.

Zunächst gab sich der Mann sogar einen geradezu leutseligen Anstrich. »Keine große Sache, nicht?«, meinte er, ohne von den Unterlagen aufzuschauen, »jedenfalls für dich nicht. Du bist siebzehn? Na, ich rate dir nur, alles ehrlich zuzugeben, dann kommst du hier noch am besten weg!«

Er wiederholte zunächst die Fragen, die ich gestern bereits beantwortet hatte. Seine Fragen waren höflich, zuweilen geradezu interessiert, zumindest immer sachlich.

An der Stelle mit dem Geschlechtsverkehr blieb er kurz hängen und schaute mich zum ersten Mal an: »Aber geliebt habt ihr euch schon, nicht? Mensch, zwei so junge Männer ohne Frauen ...«

In unglaublicher Naivität nickte ich beinahe stolz: »Ja, wir haben uns sehr geliebt!«

Er machte sich noch ein paar Notizen und holte dann ein paar Fotos aus der Aktenmappe: »So – das war das. Nun wollen wir uns mal richtig an die Arbeit machen!«

Ich konnte mir in keiner Weise vorstellen, worauf er hinauswollte, und schaute beinah neugierig auf die Fotos und Papiere, die er vor sich ordnete. In freundlichem Ton winkte er mich heran: »Ja, nimm dir mal einen Stuhl und setz dich her!«

Noch immer ahnte ich nichts. Die zwei jungen Burschen schauten weiter gelangweilt in die Gegend.

Aus dem Stapel Fotos zog er zwei hervor: »Hier, sieh mal: Das sind so Kerle, die sich schon öfter an Jungs herangemacht haben, die zum Teil noch wesentlich jünger waren als du. Die beiden hier sind aus Thorn – die kennst du doch bestimmt, nicht?«

Beide Männer hatte ich nie in meinem Leben gesehen. Ich schüttelte den Kopf. Er blickte kurz auf. Sein Gesichtsausdruck war merklich um einige Grade kühler geworden. Doch zunächst fuhr er fort, in seinen Fotos herumzuwühlen.

»Und den hier?«

Ich musste wieder verneinen.

»Und hier – den hier?«

Ich hatte mich noch nicht genügend in der Gewalt, um ein leichtes Zusammenzucken zu verbergen. Das war der erste Mann, den ich tatsächlich kannte – der junge Tenor aus unserem Theater, der so wunderschön den Zigeunerbaron Barinkay gespielt hatte. Wie sollte ich nur reagieren?

»Und?« Alle Freundlichkeit war von einem zum anderen Moment von meinem Gegenüber abgefallen.

Noch immer wagte ich nicht zu reagieren. Völlig unerwartet stieß er mich mit der Faust vom Stuhl und sprang selbst auf: »Jetzt ist aber Schluss mit der Kindervorstellung! Das waren eben alles stadtbekannte Schwule aus Thorn – glaube ja nicht, dass du hier den Unschuldigen spielen kannst. Ich brauche deine Aussagen, um diesen Verbrechern, diesen Jugendverführern, ihr Handwerk zu legen – und wenn du dich drücken willst, geht es dir auch an den Kragen, du kleiner Stricher!«

Er hatte sich selbst in Rage gebrüllt. Ich stand wieder steif auf der Stelle, wo ich zu Beginn Haltung angenommen hatte, und sagte kein Wort. Er gab den beiden Burschen einen Wink mit der Hand und setzte sich zurück auf seinen Stuhl. Sie standen auf und stellten sich unmittelbar hinter mich.

»So – noch mal!« Der SS-Offizier wischte etwas von seinem Ärmel und nahm erneut die Fotos zur Hand: »Wer ist das?«

»Ich weiß es wirklich nicht«, stammelte ich leise.

Er hob nur kurz die Augenbrauen und schon hatte der eine von den beiden Schlägern mir einen Fausthieb in die Seite verpasst. Es tat plötzlich entsetzlich weh, wenn ich atmete, aber ich blieb doch steif an meinem Platz stehen, ohne zu wanken.

»Wo hast du es mit dem hier getrieben?«, schrie er und stach seinen Finger auf das Bild des jungen Tenors.

»Ich kenne ihn nur vom Theater!«, antwortete ich schnell, bevor einer der beiden hinter mir wieder loslegen konnte.

»Du willst also nicht mit mir zusammenarbeiten? In Ordnung!« Seine Stimme war plötzlich wieder so leise geworden, dass ich ihn kaum verstehen konnte. »Ich lass dich jetzt mal ein bisschen allein mit meinen beiden Freunden. Vielleicht fällt dir hinterher noch was ein …« Er packte Fotos und Akten zusammen und verließ, ordentlich und leise die Tür hinter sich schließend, den Raum. Ich sollte die Rückkehr dieses widerlichen Kerls noch herbeisehnen.

Kaum hatte er den Raum verlassen, als einer der beiden mich wieder zum Tisch hinüberstieß. In schlechtem Deutsch schnauzte er mich an: »Zieh deine Hosen aus, du Arschficker!«

Ich klammerte mich mit beiden Händen an den Tisch und tat nichts. Was sollte ich gegen die beiden Profischläger tun? Meine einzige Hoffnung war, dass es schnell vorübergehen möge.

Während sie beide auf mich zukamen, lösten sie die Ledergürtel von ihren Hosen.

»Ich wiederhole meine Befehle nie!«, meinte der erste jetzt großspurig und blieb unmittelbar vor mir stehen. Als ich gerade meinen Kopf vorsichtig heben wollte, um ihm in die Augen zu schauen, traf mich bereits der erste Hieb seines Gürtels so kräftig im Gesicht, dass sofort die Haut auf der Stirn aufplatzte und Blut über die eine Seite meines Gesichts zu laufen begann.

»Ich kann dir nur raten, die Hosen runterzulassen, du schwule Polensau, wenn du nicht für den Rest deines Lebens verdammt hässlich aussehen willst!«, rief er mir höhnisch zu und ließ ein zweites Mal seinen Gürtel in mein Gesicht peitschen. Diesmal sprang meine Lippe auf und begann anzuschwellen.

Mit zittrigen Fingern versuchte ich, die Knöpfe meiner Hose zu öffnen. Ein dritter Schlag traf mich auf den Rücken.

Jetzt fing auch der zweite an mitzumachen: »Brauchst du immer so lange, Arschloch?«

Endlich hatte ich meine lange, schwarze Hose abgestreift. Wieder traf mich ein Hieb.

»Los, los, die Unterhose auch und dann legst du dich schön mit dem Bauch über den Tisch!«

Zum ersten Mal begann ich jetzt doch zu wanken. Meine Knie fingen plötzlich furchtbar an zu zittern, und es war mir einfach unmöglich, die Unterhose herunterzuziehen, ohne umzufallen. Die beiden schienen durchaus Vergnügen daran zu finden, mir zuzuschauen, denn solange ich mich mit dieser verdammten Unterhose abmühte, hielten sie inne und schauten mir gespannt zu. Zuletzt fetzte mir einer mit einem ruckartigen Griff die Hose weg und stieß mich hart auf den Tisch.

Bis zu diesem Zeitpunkt hatte ich in meinem Leben nicht gewusst, wie viele Schmerzen ein Mensch tatsächlich aushalten kann, bevor er kein Mensch mehr ist, bevor er einfach vor Schmerzen jedes Raum- und Zeitgefühl und schließlich ganz das Bewusstsein verliert. Von den folgenden Stunden und Tagen erinnere ich mich nur noch an das dumpfe Beben meines geschundenen Körpers, daran, dass ich irgendwo hingeworfen wurde und auch wieder aufgerichtet und abgeholt. Das Ausmaß der Schmerzen veränderte sich dabei nicht mehr wahrnehmbar. Alles tat ununterbrochen weh.

Vom Rücken bis zu den Schenkeln fühlte ich wundes, rohes, blutendes Fleisch. Die einzige orientierende Regung war, darauf zu achten, dass ich wenigstens irgendwie auf den Bauch zu liegen kam, wenn wieder eine Folterphase vorbei war und ich in die Zelle zurückgeworfen wurde. Zuletzt bekam ich nicht mehr in meinem Kopf klar, warum ich überhaupt hier war. Willi, Mutter und Mikolaj – sie waren in meiner Welt nicht mehr vorhanden …

Nach einigen Tagen, wie viele es genau waren, kann ich nicht sagen, wurde ich für längere Zeit liegen gelassen. Bisher hatte ich nur ab und zu zwischendurch etwas Tee oder Wasser zu trinken erhalten. Jetzt wurde mir das erste Mal eine Art Brühe gereicht, die mir ein anderer Gefangener einzuflößen versuchte.

Zwischendurch fiel ich immer wieder in leichten Schlaf, der jedoch nach kurzer Zeit von schrecklichen Träumen zerrissen wurde, in denen sich alle Szenen der letzten Tage wieder und wieder abspielten. Zuletzt hatte ich solche Angst vorm Einschlafen, dass ich viel Kraft aufwandte, um so lange wie möglich wach zu bleiben.

Nach weiteren zwei Tagen konnte ich mich erstmals wieder allein aufrichten und meinen Kübel benutzen. Meine Wunden waren weiter unverbunden und brannten und juckten fürchterlich. Außer dem Kübel und dem Bett hatte ich nur eine harte Pferdedecke in der Zelle.

Erst nachdem es noch ein weiteres Mal Tag und Nacht geworden war, wurden mir meine Sachen hereingeworfen, die ich nur langsam und vorsichtig überstreifen konnte, um die gerade leicht verschorften Wunden nicht wieder aufzureißen. Noch am gleichen Abend wurde ich abgeholt und zu einer neuerlichen Vernehmung gebracht. Ich zitterte am ganzen Leib, weil ich fürchtete, die Prügelei würde nun wieder losgehen.

Es ist kaum vorstellbar, dass ich geradezu erleichtert war, als ich jetzt den SS-Offizier wieder sah, der mir zu Beginn die Fotos vorgelegt hatte. Er schien mit etwas anderem beschäftigt und schaute leicht gestört auf, als mich der Wachmann in seinem Zimmer ablieferte.

»So – alles klar? Das ist unser Protokoll, das du hier zu unterschreiben hast …«

Ich wagte nicht zu fragen, ob ich dann freikäme und was in dem mehrseitigen Text überhaupt stand. Ich sagte nur: »Ja, ich unterschreibe!«, und setzte mit zitternder Hand meinen Namen unter das Dokument.

Beim Unterschreiben hatte ich wenigstens das Datum erkennen können: Ich war tatsächlich zwölf Tage hier gewesen!

Unmittelbar nach der Unterschrift wurden mir Handschellen angelegt und ein Wachmann brachte mich zu einem vor dem Gestapo-Hauptquartier wartenden vergitterten Laster. Mit mir wurde noch ein anderer, wesentlich älterer Häftling abgeführt, der auch nicht viel besser aussah und die gesamte Fahrtzeit nur starr vor sich hin blickte.

Ab und zu durch das Gitterfenster spähend, ahnte ich bald, wo die Fahrt hingehen sollte – zum »Okraglak«, dem alten »Runden Stadtgefängnis« von Toruń. Immerhin war ich damit erst mal aus den Klauen der Gestapo …

Bei der Aufnahme ließ mich ein älterer Beamter wissen, dass es zurzeit keine eigene Gefängniskleidung gäbe. Ich sollte erst mal meine inzwischen ziemlich verdreckten Zivilklamotten anbehalten und dann meiner Mutter schreiben, damit sie mir Wäsche zum Wechseln brächte. Bevor ich in eine Gruppenzelle eingeschlossen wurde, führte er mich noch zu einem Fotografen, der drei Fotos von mir als Untersuchungshäftling machte.

Obwohl ich in dieser Gruppenzelle noch mal beinahe drei Monate zwischen acht bis zehn anderen Gefangenen zubringen musste, habe ich an diese kaum eine Erinnerung. Anfangs dachte ich, dass die wohl alle Schwerverbrecher sein mussten, so zerlumpt und zerschlagen, wie sie aussahen. Als ich nach ein paar Tagen aber das erste Mal zum Duschen geführt wurde und dabei zufällig an einem Spiegel vorbeikam, musste ich mit Erschrecken feststellen, dass mein Anblick nicht viel besser war. Wie die meisten war ich still und in mich gekehrt. Jeder wartete mit Bangen auf seinen Prozess und was für eine Zukunft er ihm bescheren würde.

In der ganzen Zeit hatte ich keinen Brief nach Hause schreiben dürfen. Zweimal konnte ich lediglich ein Formular ausfüllen mit Dingen, die ich mir von daheim wünschte. Auch Mutter und Mikolaj durften mir nicht schreiben. Besuche waren streng untersagt. Einige Kleidungsstücke, die Mutter mir zukommen ließ, habe ich kurz darauf noch mit einem anderen Gefangenen getauscht, der kaum etwas zum Anziehen hatte und mir dafür etwas von seinem Brot abgab. Der Hunger wurde schlimmer, je länger ich hier war.

Eines Nachmittags, draußen hatte es schon leicht zu schneien begonnen, starrte ich, wie so oft, aus dem Zellenfenster, von dem aus man ein winziges Stück der Straße vor dem Gefängnis erspähen konnte. Plötzlich glaubte ich meinen Augen nicht zu trauen: War das nicht eben Mutter gewesen, die dort langsam vorbeigegangen war?

So laut ich konnte, brüllte ich: »Mamuschiu!!«, durch die Gitter. Bevor ich meinen Schrei wiederholen konnte, riss mich jedoch ein anderer Mitgefangener von dem winzigen Fenster weg und drohte mir mit der Faust: »Halt ja deine Schnauze, Kleiner! Meinst du, wegen dir und deiner Mama wollen wir Ärger bekommen?«

Es war streng verboten, etwas aus den Zellen herauszurufen. Das hatte ich natürlich in dem Moment völlig vergessen. Trotzdem klammerte ich mich weiter am Gitter fest, um vielleicht doch wenigstens noch einen Blick auf Mutter zu erhaschen. Und richtig: Da kam sie noch ein zweites Mal in mein Blickfeld und schaute suchend an den hohen Mauern mit den winzigen Fenstern hoch – ach, liebe, liebe Mamuschiu! Über eine Stunde lang starrte ich durch das Gitter und sah sie noch drei weitere Male über das kleine Stückchen Straße gehen, das ich von hier aus erkennen konnte. Dann sah ich sie nicht mehr. Meine Finger waren wie erstarrt von den eiskalten Gitterstäben. Direkt unter dem Fenster sank ich zu Boden und weinte bitterlich. Die Tränen kamen tief aus meiner Seele heraus, von wo selbst die Prügel der Gestapo sie nicht hatten hervorrufen können …

Im Dezember 1942, ein paar Wochen vor meinem achtzehnten Geburtstag, wurde mir plötzlich eines Morgens mitgeteilt, dass am selben Nachmittag mein Prozess stattfinden würde. Ich hatte mich zu duschen und meine letzten sauberen Kleidungsstücke anzuziehen. Danach durfte ich nicht mehr zurück in die Gruppenzelle. Gegen Mittag holte mich der Gefängnislastwagen ab und brachte mich direkt zum Gericht. Noch einmal musste ich in einem kleinen Zimmer etwa zwei Stunden warten und wurde dann von dort direkt in den Gerichtssaal geführt.

Der große, holzgetäfelte Saal war so gut wie leer. Vorne saßen drei Männer in dunklen Roben sowie ein vierter jüngerer Mann, der offensichtlich protokollieren sollte. Mir wurde ein Stuhl wenige Meter vor den Richtern zugewiesen. Erst jetzt wagte ich, mich kurz umzuschauen und einen Blick in den Zuschauerbereich zu werfen: Dort saß in der ersten Reihe allein, stolz und aufrecht eine dunkel gekleidete Frau – Mamuschiu! Ich sah, dass sie mir kaum merklich zulächelte. Mein Gott, was würde sie jetzt hier gleich zu hören bekommen …

Nach dem Verlesen einiger allgemeiner Angaben zu meiner Person eröffnete der mittlere der drei Männer die Vernehmung. Das heißt, eigentlich wurde ich gar nichts mehr gefragt, sondern der Richter begnügte sich damit, seine Sicht der Dinge darzulegen, ohne mich auch nur einmal zusammenhängend zu Wort kommen zu lassen.

»Der Angeklagte«, so begann er jeden zweiten seiner hochgestochenen Sätze, »hat wiederholt und mit wechselnden männlichen Partnern widernatürliche Unzucht getrieben, ohne auch nur ansatzweise ein Gespür für das Verwerfliche seines Tuns zu entwickeln. Dies übrigens nicht erst seit jüngster Zeit, sondern mindestens seit einem bis zwei Jahren. Der Angeklagte, ein Pole von Geburt, schreckte nicht davor zurück, dieses ekelhafte Tun außer mit seinesgleichen auch mit Angehörigen der deutschen Wehrmacht zu praktizieren. Und dieses in mindestens einem Fall, der nachgewiesen ist. Ich plädiere gemäß Paragraf 175 und 175a für eine mehrjährige Zuchthausstrafe, um den Angeklagten von der Gesellschaft zu isolieren und ihm die Chance zu geben, wieder zu einem Menschen zu werden …«[12]

Kaum die Hälfte seiner geschwollenen Worte hatte ich wirklich verstanden. Was mochte Mutter nur denken?

Wenige Minuten später wurde das Urteil verlesen: »Der Angeklagte wird auf Grund der Schwere des Vergehens trotz seines jugendlichen Alters zu fünf Jahren Zuchthaus verurteilt!« Ohne mich noch mal anzuschauen, klappten die Richter ihre Ordner zu, und der Protokollant räumte seine Blätter in eine Aktentasche.

Ein Wachmann ergriff mich am Arm und führte mich, nicht weit an Mutter vorbei, aus dem Gerichtssaal ab. Kein Wort durften wir miteinander wechseln. Als ich versuchen wollte, wenigstens meinen Gang zu verlangsamen, zerrte mich der Wachmann ungeduldig weiter. Ein letztes Mal sah ich Mutters Blick – sie schaute mit gerader Haltung zu mir. Sie versuchte noch einmal ein Lächeln und uns beiden liefen stumme Tränen über die Wangen …

# *Gefangen*

Zwei oder drei Tage nach dem Prozess wurde ich auf den Transport ins berüchtigte Zuchthaus von Koronowo, das jetzt zu deutsch Crone hieß, geschickt. Es hatte schon vor der Besetzung durch die Deutschen einen gefürchteten Ruf. Nun saßen hier ausschließlich Polen und polnische Juden ein. Alle ehemaligen deutschen Gefangenen waren freigelassen oder verlegt worden. Die polnischen und jüdischen Insassen waren zum Teil vor dem Krieg schon hier gewesen, zum Teil wurden sie, wie ich, erst unter deutscher Gesetzgebung in diesem Zuchthaus für Schwerverbrecher eingesperrt.

Koronowo war die Hölle. Die Wachmannschaften kontrollierten praktisch nur unseren Arbeitsdienst, in der übrigen Zeit herrschte das Faustrecht: Nur wer stark war, konnte sich behaupten. Gleich nach meiner Ankunft wurde mir die Zivilkleidung abgenommen und der Kopf kahl geschoren. Bevor ich abgetragene und zerrissene Gefangenenklamotten erhielt, wurde mein ganzer Körper noch mit einem eklig stinkenden Desinfektionsmittel eingestäubt.

Dann wurde ich zu einem Block hinübergeschubst, der aus riesigen Gemeinschaftszellen bestand. Das heißt, die Zellen waren gar nicht so groß, aber pro Zelle wurden jeweils etwa vierzig Männer untergebracht. Kaum war die Zellentür hinter mir zugeknallt, richteten sich alle

Augenpaare auf mich. Ein Junge, der nicht viel älter als ich war, trat mir gleich zur Begrüßung in den Hintern, sodass ich drei oder vier Schritte in die Mitte des Raumes hineinstolperte.

»Hallo, Arschficker!«, grölte er höhnisch.

Zum Glück gingen die anderen kaum auf ihn ein. Ein älterer und erstaunlich kräftiger Gefangener winkte mich zu sich heran:

»Pass gut auf, Schwuler! Ich bin hier der Stubenälteste. Das heißt, ich und meine Leute geben hier die Kommandos. Wir gehören zu den Lebenslänglichen, während ihr mit Chance in ein paar Jahren wieder draußen seid. Im Klartext: Wir kontrollieren hier das Fressen. Solltest du einmal wagen, etwas für dich wegzustecken, ohne uns vorher zu fragen, machen wir dich alle. Betten sind hier nicht mehr frei. Sieh zu, wo du bleibst!«

Damit wandte er sich wieder einigen seiner Kumpels zu. Auch das Interesse der anderen erlosch. Man hatte kurz gecheckt, ob was Spektakuläres zu erwarten war – ein polnischer Junge, der nach § 175 verurteilt worden war, gehörte offensichtlich nicht dazu. Eine derartige Begrüßung schien hier normal zu sein.

Unsicher schaute ich mich um. Wo sollte ich mich für die Nacht niederlassen, ohne gleich wieder Ärger zu erregen? In der Zelle herrschte ein schrecklicher Gestank. Jetzt erkannte ich dessen Ursache: In einer Ecke des Raumes standen für die Notdurft ein paar Kübel, die offensichtlich nur zu bestimmten Zeiten geleert wurden. In der gegenüberliegenden Ecke, in der Nähe des einzigen kleinen Kanonenofens, hatte sich der Stubenälteste mit seinen Leuten einquartiert. Also versuchte ich, irgendwo dazwischen an den Rand zu schleichen.

Die ganze Zeit über hatte mich der Junge vom Eingang nicht aus den Augen gelassen. Jetzt kam er wieder auf mich zu: »Verschwinde von hier! Da hinten liege ich. Denkst du, ich will dauernd von einem Arschficker angetatscht werden?«

Am liebsten hätte ich ihm auf der Stelle eine runtergehauen. Was bildete sich dieser Angeber eigentlich ein? Waren wir hier nicht alle in einer verdammt elenden Situation? Ich unterdrückte den Impuls. Erst wollte ich noch genauer begreifen, welche Regeln hier galten. Ohne ihn eines Blickes zu würdigen, ging ich ein paar Meter weiter und setzte mich neben einen älteren, klapperdünnen Mann, der gerade dabei war, an seinen zerrissenen Schuhen herumzuflicken.

Ich schaute ihn fragend an. Er nickte kurz und wandte sich dann wieder seinem Schuh zu. Auf dem Boden war es eiskalt. Wie sollte ich da schlafen, ohne schon nach der ersten Nacht eine Lungenentzündung zu bekommen? Der alte Mann bemerkte meinen suchenden Blick und wies mit der Hand kurz unter die nächststehende Koje. Dort war schmuddeliges Heu zu finden. Ungeschickt fingerte ich mir ein paar Bündel heraus und versuchte, mir auf der letzten winzigen freien Stelle so etwas wie ein Lager zu bereiten.

Kurz darauf bellte der Stubenälteste irgendeinen Befehl, den ich nicht verstand. Die meisten Männer sprangen auf und stellten sich hintereinander bei den Kübeln an, um vor aller Augen in die Eimer zu pinkeln. Erst später bekam ich heraus, dass der Besuch eines Klos nur einmal kurz am Morgen vor der Arbeit gestattet war. Kaum war die Prozedur weitgehend vorüber, als plötzlich die einzige kahle Glühbirne im Raum erlosch. Alle Männer nahmen unter Gemurmel und Gebrumme ihre Schlafstellen ein.

Nach nur wenigen Minuten bemerkte ich erschrocken ein Kribbeln und Krabbeln überall am Körper. Da es zu dunkel war, um etwas sehen zu können, versuchte ich mit den Händen zu fühlen – ah, so etwas Ekliges: Das Stroh war verseucht mit allen Arten von Ungeziefer, die sich um die gehörige Portion Desinfektionsmittel, die ich bekommen hatte, überhaupt nicht scherten. Gleichzeitig waren diese Flöhe und Läuse und was weiß ich noch alles so klein, dass man sie nicht einfach abwischen konnte. Zum Teil hatten sie sich bereits in der Haut festgesaugt. Dort, wo es mir gelang, einige abzustreifen, traten gleich wieder andere auf – und noch schlimmer: Am nächsten Morgen sah ich überall an meinem Körper kleine, rote, entzündete Stellen, wo ich die Leiber dieser Biester abgerissen hatte, aber die Beine oder Saugrüssel stecken geblieben waren. An Schlaf war kaum zu denken.

Plötzlich – wie ich meinte, mitten in der Nacht, denn es war noch dunkel – ertönte ein schriller Pfiff aus einer Trillerpfeife in unmittelbarer Nähe. Alles um mich herum sprang auf. Jeder versuchte, so schnell wie möglich zum Ausgang zu kommen. Der alte Mann neben mir schüttelte mich noch kameradschaftlich und brummte: »Kleiner, mach schon, wir haben nur fünf Minuten, um auf die Klos zu kommen. Fünf Minuten für vierzig erwachsene Männer … den Rest des Tages kannst du dir in die Hosen scheißen. Nun komm endlich …« Damit war er auch schon den anderen hinterhergestolpert.

Ich fühlte mich so zerschlagen, dass ich mich erst einmal umschaute. In was für eine Welt war ich geraten! Inzwischen brannte die einzige Glühbirne wieder. Die Zelle war leer bis auf den Stubenältesten, der auch das Pfeifkommando gegeben hatte, und zwei seiner Leute, die es offensichtlich nicht nötig hatten, am Gruppenscheißen teilzunehmen. Und war da nicht noch jemand? Richtig – aus der Koje des Stubenältesten kletterte schlaftrunken und nur mit einer Unterhose bekleidet der Junge, der gestern versucht hatte, mich vor allen lächerlich zu machen. Nur eine Sekunde trafen sich unsere Blicke. Keiner sprach ein Wort. Ich tat, als würde ich mir nichts denken, und trottete den anderen in Richtung Ausgang hinterher.

Doch ich war tatsächlich zu spät dran. Die ersten kamen bereits zurück und eilten zu ihren Schlafstellen, um irgendwelche Blechnäpfe oder verbeulte Dosen zu packen und sich in der Nähe des Stubenältesten anzustellen.

»Du bleibst hier!«, fuhr mich unser Häuptling an, als

ich eben die Zelle verlassen wollte. Ich schaute fragend in seine Richtung.

»Du bringst die Pisskübel weg!« Meinem Schlafnachbarn, dem alten, dünnen Mann, gab er die Anweisung: »Los, zeig dem Neuen, wo's langgeht, und nimm selbst die anderen beiden Eimer!«

Schweigend schnappten wir uns die stinkenden Töpfe. Wie schwer die elenden Dinger waren! Hinzu kam, dass es gar nicht leicht war, so gleichmäßig zu gehen, dass nicht dauernd etwas überschwappte. Als wir endlich bei der großen Latrine angekommen waren und das Zeug hineingekippt hatten, bemerkte ich, dass der alte Mann am ganzen Körper zitterte. Beide stanken wir gleichermaßen zum Himmel.

Plötzlich ergriff er meine Hand und stieß schwer atmend hervor: »Ich bin Kajtelberg, der jüdische Schneider Kajtelberg – hast du einmal von unserem Geschäft in Warschau gehört?«

Ich schüttelte erschrocken den Kopf. Was hatte dieser Mann schon alles durchgemacht? Was stand mir noch bevor?

»Weißt du, ich habe auch einen Jungen, das heißt, ich habe sogar vier Jungen und zwei Mädchen, aber ich habe einen Jungen, der müsste etwa genauso alt wie du sein. Ich habe sie alle seit Monaten nicht mehr gesehen ...«

Noch immer hielt er meine Hand umklammert: »Du musst das hier alles überleben, ja? Ich weiß, dass ich es nicht mehr lange schaffe, aber du musst durchhalten, versprichst du es mir? Es muss Menschen geben, die einmal berichten können, was hier geschehen ist …«

Noch immer wusste ich ihm nicht zu antworten. Aber seine Worte hatten mich doch tief getroffen, und ich vergaß für einen Moment mein eigenes Elend, alle juckenden Stellen auf der Haut, den schmerzenden Hunger und die Sehnsucht nach Willi, Mutter und Mikolaj.

»Kann ich irgendetwas für Sie tun?«, stotterte ich endlich unbeholfen.

Jetzt erst ließ er meine Hand los. »Ja, Junge, geh noch ganz schnell aufs Klo, bevor wir zurückmüssen!« Er versuchte ein Lächeln und ich huschte zu den Latrinen.

Als wir in die Zelle zurückkamen, war das Verteilen irgendeiner warmen Flüssigkeit in die Blechnäpfe schon voll im Gange. Da ich kein Gefäß für die Brühe hatte, gab der alte Mann an, dass wir gemeinsam seinen Topf benutzen würden. Tatsächlich erhielt er etwas mehr hineingeschüttet.

Inzwischen begann ein grauer Tag zu dämmern. Nur wenig später hatten wir uns zum Abzählen aufzustellen und wurden dann im Marschtempo an verschiedene Arbeitsplätze befohlen. An diesem Morgen lernte ich zum ersten Mal, wie eintönig es ist, alte Sisaltaue aufzulösen. Es sollte meine einzige Tätigkeit in all den folgenden Tagen, Wochen und Monaten bleiben. Zehn Stunden pro Tag, sechs Tage in der Woche. Zwischendurch wurden wir einmal täglich für eine Stunde an die frische Luft gejagt und mussten im Laufschritt über einen dreckigen Platz hetzen. Wer stolperte oder zurückblieb, erhielt mit einem Knüppel oder einer Peitsche Schläge auf den Rücken. Als ich einmal eine meiner schweren Holzpantinen verlor, traf mich ein Hieb so unglücklich über den Nieren, dass ich eine Woche kaum atmen konnte. Doch das war alles nichts Besonderes in Koronowo. Es war geradezu alltäglich.

Dabei ging das Gerücht unter uns Gefangenen um, dass es in den Steinbrüchen des KZ Sachsenhausen noch viel schlimmer sei. Da dort immer öfter Nachschub an Arbeitskräften gebraucht wurde, fragten wir uns ängstlich, wer von uns wohl als Nächster dorthin transportiert werden würde. Herr Kajtelberg hatte mir einmal erzählt, dass dort besonders viele Homosexuelle gequält würden. Überhaupt war dieser Mann immer wieder väterlich besorgt um mich und steckte mir ab und zu sogar von seinem Brot etwas zu. Erst wollte ich es auf keinen Fall annehmen, aber dann sagte er immer: »Mein Magen nimmt es einfach nicht an. Bitte iss du es, Stefan, bevor es der Stubenälteste und seine Verbrecherbande raffen.«

Im Jahr 1943, meinem achtzehnten Lebensjahr, kamen der Frühling, der Sommer und der Herbst, ohne dass ich den wunderschönen Wechsel der Jahreszeiten, der mich früher immer so froh gemacht hatte, richtig wahrgenommen hätte. Wie viele andere Gefangene hatte ich inzwischen einen chronischen Husten von dem feinen Sisalstaub, der sich vor allem in Lungen und Schleimhäuten festsetzte.

Alle zwei Monate durfte jeder Gefangene einen Brief

nach Hause schreiben. Allerdings unter einer Bedingung: Die Briefe mussten in korrektem Deutsch verfasst sein, damit sie von der Kontrolle gegengelesen werden konnten. Nun konnten die wenigsten Deutsch, geschweige denn fehlerfrei. Herr Kajtelberg sah meine Chance kommen: »Stefan, biete den anderen deine Hilfe an. Jede Fähigkeit, die man hier einbringen kann, hilft einem beim Überleben!«

Zögernd meldete ich mich ein paar Tage später beim Stubenältesten, der auch kein richtiges Deutsch konnte. Ich sagte, dass ich bereit wäre, beim Briefeschreiben zu helfen.

Misstrauisch schaute er mich an: »Für wie viel?«

Was meinte er damit? Herr Kajtelberg rief tapfer dazwischen: »Für den üblichen Tarif! Zwei pro Brief!«

»Okay!« Der Stubenälteste nickte. »Hier, zeig mal, was du kannst!«

Damit begann meine Karriere als Gefängnisschreiber, die ich allein dem alten Kajtelberg zu verdanken hatte. Pro Brief erhielt ich die gefängnisübliche Währungseinheit von zwei Zigaretten, die ich, da ich nicht rauchte und ohnehin nicht genug Tabak im Umlauf war, auch in anderen Naturalien entgegennahm. Bis heute wundere ich mich, warum mir die Bande um den Stubenältesten diese Rationen nie abnahm, während sie das sonst früher bei den viel geringeren Mahlzeitenrationen häufig getan hatten.

Wenn jemand selbst kurz vor dem Verhungern war, schrieb ich Briefe auch umsonst. Allerdings muss ich zugeben, dass ich dies nur tat, wenn Herr Kajtelberg und ich gerade kein Bauchweh vor Hunger hatten. Heute schäme ich mich dafür, aber ich brachte damals einfach nicht die Größe auf zu verzichten, nur weil ein anderer auch Hunger litt.

Trotzdem stieg mein Ansehen in dieser Zeit merklich. Die Pöbeleien wegen meiner Homosexualität wurden seltener, und es verschaffte wohl auch einige Achtung, wie der alte Herr Kajtelberg und ich zusammenhielten, obwohl zwischen uns kein sexuelles Verhältnis bestand. Wie bei manchen anderen, die sich trotzdem gegenseitig bei vielen Gelegenheiten übers Ohr hauten.

Zu Beginn des Winters Ende 1943 erschien eines Abends ein deutscher Wachmann und befahl unseren Stubenältesten an die Tür. Die beiden tuschelten einen Moment, während wir anderen bang die Köpfe zusammensteckten. Fehlten noch ein paar Männer für den nächsten Transport nach Sachsenhausen? Da brüllte unser Häuptling auch schon in meine Richtung: »Stefan – herkommen! Du bist für eine Sonderaufgabe ausgewählt! Abmarsch!«

Mein Herz stockte. Das war das Ende! Auch Herr Kajtelberg war vor Schreck ganz blass geworden. Die anderen sahen eher erleichtert aus. Keiner äußerte sich jedoch schadenfroh. Im letzten Moment gab ich Herrn Kajtelberg noch meinen letzten Besitz an Zigaretten und Brot und schlich dann dem Wachposten hinterher. Herr Kajtelberg blickte so starr, als würde er selbst zur Hinrichtung geführt.

Kaum waren wir draußen, meinte der Wachmann: »Warum freust du dich nicht? Auf der Schreibstube ist ein Platz frei geworden. Die brauchen dort jemand, der Deutsch in Wort und Schrift beherrscht. Das kannst du doch, oder?«

Noch wie gelähmt vor Angst, konnte ich zuerst gar nicht reagieren. Dabei wusste ich natürlich, dass es mit allerlei Privilegien verbunden war, in einem der Büros oder Kammern zu arbeiten. Noch am gleichen Tag durfte ich zum ersten Mal, seit ich in Koronowo war, warm duschen, wurde ein zweites Mal desinfiziert und erhielt eine zwar vielfach geflickte, aber doch saubere Gefängniskleidung. Was für ein Wohlgefühl auf der Haut! Einquartiert wurde ich ab jetzt in einer Dreimannstube. Gleich morgen früh wollte ich Herrn Kajtelberg die gute Nachricht bringen.

Doch alle Männer waren schon weg zur Arbeit, als ich am nächsten Morgen kurz zu unserer alten Gemeinschaftszelle hinüberlief. Die Arbeit in der Schreibstube war unvergleichlich viel leichter und angenehmer als dieses schmuddelige Sisalentflechten. Wie würden sich Mutter und Mikolaj freuen, wenn sie das erfahren könnten.

Endlich konnte ich abends vor dem Nachtappell hinüber zur alten Zelle. Die Männer begrüßten mich beinahe freundschaftlich und gratulierten mir zu meinem Aufstieg. Trotzdem war eine eigenartige Spannung im Raum, die ich nicht sogleich zu deuten wusste. Als ich meinen Blick auf das Lager von Herrn Kajtelberg richtete, war die

Stelle leer. Mein Gott, wo war er? Als ich den nächstbesten Mitgefangenen anschrie, schaute dieser nur betreten zu Boden. Entschlossen trat ich vor unseren Stubenältesten.

Selbst diesen ungehobelten Kerl schien so etwas wie Rührung ergriffen zu haben: »Nun reg dich mal nicht so auf, Stefan!«, sagte er mit ungewohnt leiser Stimme. »Es war sicher am besten so für ihn …«

Voller Angst zerrte ich an seinem Arm: »Was habt ihr Schweine mit ihm gemacht? Ich will wissen, wo er ist!!«

Grob, doch längst nicht so brutal wie üblich, stieß er mich zurück: »Lass mich in Ruhe mit dem alten Spinner!« Damit wandte er sich ab. Erregt griff ich mir den Nächststehenden, einen jüngeren Juden, der noch nicht lange bei uns war.

»Herr Kajtelberg …«, stotterte er, »Herr Kajtelberg hat seinem Leben ein Ende gesetzt. Er hat sich die Pulsadern aufgeschnitten, noch gestern Abend muss das passiert sein, kurz nachdem du weg warst. Niemand hat etwas gehört oder gesehen. Als wir heute Morgen aufsprangen beim Kommando, war er schon verblutet …«

Der Tod des alten Mannes beschäftigte mich ununterbrochen, solange ich noch in Koronowo war. Selbst unter den nun viel besseren Arbeits- und Lebensbedingungen konnte ich keine Ruhe finden. Ich wollte raus – wollte um alles in der Welt weg von diesem schrecklichen Ort …

Bisher war ich allein von der täglichen Sorge ums nackte

Überleben in Beschlag genommen gewesen. Meine Vorstellungskraft hatte immer gerade bis zum nächsten Kanten Brot oder einem wärmenden Platz gereicht. In der Schreibstube von Koronowo erwachte meine Sehnsucht nach einem normalen Leben wieder – und nach meiner Liebe zu Willi, so als wäre alles gestern gewesen und das letzte Jahr nur ein schlechter Traum. Was hatte mein Brief im Leben Willis angerichtet? War er auch gefoltert worden – oder gar Schlimmeres? Willi – wenn ich nur gewusst hätte, ob er noch am Leben war … Ich versuchte, fest daran zu glauben.

Bevor meine Fluchtpläne konkretere Gestalt annehmen konnten, wurde ich Anfang 1944 von einem Tag auf den anderen ins Jugendgefängnis Stuhm verlegt – angeblich wegen guter Führung. Später erfuhr ich, dass die Deutschen vorhatten, einige Polen »einzudeutschen«. Da Mutter große Angst hatte, dass ich die Haft möglicherweise nicht überstehen würde, hatte sie einen diesbezüglichen Antrag gestellt, und ich war dadurch in die so genannte »Volksliste Gruppe III« aufgenommen worden. Dies war der eigentliche Grund für meine Verlegung nach Stuhm gewesen, das einen wesentlich besseren Ruf genoss als Koronowo. Immer wieder musste ich denken: Was nur Mikolaj zu diesem Schritt gesagt haben mochte?

Als ich in Stuhm ankam, hatte ich von den Vorzügen allerdings nur wenig. Denn plötzlich bekam ich eine Krankheit, die ich mir schon in Koronowo als Folge ständiger Unterernährung und miserabler hygienischer Bedingungen zugezogen haben musste. An meinem rechten Bein hatte sich eine eiternde Wunde gebildet, die sich immer stärker ausbreitete. Da das Gefängnislazarett über keinerlei Medikamente verfügte, weil alles für die Wehrmacht verwendet wurde, trat auch keine Heilung ein.

Trotzdem empfand ich die Wochen auf der Krankenstation in Stuhm wie einen Luxus, denn wir mussten dort ja nicht arbeiten. In meinem Zimmer lagen insgesamt zwölf Jugendliche. Ich war der einzige Pole. Die anderen kamen aus Frankreich, Belgien und den Niederlanden und galten den Nazis als »höherwertig«. Die anderen Jungen ließen mich diesen Unsinn jedoch keineswegs fühlen, sondern waren wirklich in Ordnung. Uns alle verband die Wut auf die Deutschen, die nicht nur unsere Länder besetzt hatten, sondern uns von unseren Familien weggerissen hatten und meinten, uns hier zu »besseren Menschen« erziehen zu können.

Links von mir lag Jaap, ein höchstens fünfzehnjähriger, strohblonder Junge aus einem kleinen holländischen Dorf an der Nordseeküste. Er hatte außerdem noch strahlend blaue Augen und hätte direkt einer germanischen Propagandabroschüre entsprungen sein können. In seiner Seele fühlte Jaap jedoch alles andere als germanische Weltreichträume. Jaaps Eltern waren beide aktiv im Widerstand gewesen und hatten außerdem einen jüdischen Jungen aus Jaaps Schulklasse in einem Kellerraum versteckt gehalten. Bei einer Demonstration in Amsterdam, zu der Jaaps Vater extra mit der Bahn gefahren war, war nicht nur der Vater festgenommen worden, sondern kurz darauf auch die Mutter. Bei deren Verhaftung hatte Jaap einen deutschen Soldaten mit dem Messer verletzt.

Eines Nachts, als die anderen schon schliefen, war Jaap zu mir ins Bett herübergehumpelt und hatte mir flüsternd seine Geschichte erzählt. Atemlos hatte ich jedem seiner Worte gelauscht.

»Und was ist mit dem jüdischen Jungen aus deiner Klasse geschehen?«, flüsterte ich leise zurück.

»Wenn ich das nur wüsste!« Jaaps strahlende Augen blitzten selbst im Dunkeln. »Als die Soldaten an unsere Haustür donnerten, ist Pieter blitzschnell in seinem Kellerverlies verschwunden. Nach der Prügelei mit dem einen Soldaten haben sie das Haus nur flüchtig durchsucht, weil sie ihren Kameraden schnell zum Arzt bringen wollten. So ist Pieter nicht entdeckt worden. Aber danach konnte er ja unmöglich in dem versiegelten Haus bleiben. Mensch, das wüsste ich auch gern, wo der jetzt ist.«

»Und deine Mutter?«

»Von Mutter wurde ich im Gefängnis in Amsterdam getrennt. Später habe ich erfahren, dass sie zu zehn Jahren Zuchthaus verurteilt worden ist. Ein Glück …«

»Was? Dazu sagst du – ein Glück?«

»Aber Stefan, ich hatte doch solche Angst, dass sie Mutter auch erschießen würden wie …« Jaap unterbrach sich, schluckte schwer und bekam plötzlich kein Wort mehr heraus. Ich ahnte, was er sagen wollte. Jaap würde seinen Vater nie wieder sehen …

Von dieser Nacht an waren wir Freunde. Jaap sagte einmal, dass er nicht so empfinden würde für Männer wie ich. Aber dass er einfach besser einschlafen konnte, wenn er bei mir lag. Jaap war so herrlich unkompliziert, wie ich es noch nie erlebt hatte. Schon gar nicht bei einem Jungen, der eigentlich von Mädchen träumte …

Manchmal mussten wir im Bett kichern wie Schuljungen. Denn Jaap hatte immerhin einen bis fast zur Hüfte geschienten Beinbruch. Da ich inzwischen auch vom Knöchel bis zum Oberschenkel verbunden war, gaben wir wirklich ein komisches Paar ab.

Irgendwann im Frühsommer 1944 war unsere schöne Zeit leider von einem auf den anderen Tag zu Ende. Dass wir uns nach Monaten noch einmal wiedersehen sollten, konnten wir beide nicht ahnen. An jenem Morgen war neben dem Arzt ein Wachmann in unserem Krankenzimmer erschienen, der dringend noch ein paar Arbeitskräfte suchte und jetzt durch die Station marschierte, um Drückeberger, wie er es nannte, abzuholen.

Jeder von uns versuchte, sich angstvoll in seinem Bett zu verbergen. Als der Kerl auf einem Pappschild an meinem Bett las, wie lange ich schon hier lag, riss er die Karte empört ab und schrie zuerst den Arzt an: »Mann, ist Ihnen klar, dass dies hier kein Sanatorium ist? Dieser Bengel hätte längst zurückgehört zur Arbeit!«

Der Arzt war keineswegs feige, sondern widersprach

mit fester Stimme: »Aber der Junge hat schwere Entzündungen, die unter den gegenwärtigen Bedingungen bisher einfach nicht geheilt sind …«

Da fiel ihm bereits der Wachmann ins Wort, riss mir die Decke weg und brüllte mich an: »Los – aufstehen und mitkommen!«

Bei meinem ersten Versuch, auf beiden Beinen zu stehen, knallte ich sofort der Länge nach hin. Den Aufseher schien das nur noch mehr zu reizen: »Wenn du hier markierst, Schwuler, dann bist du gleich erledigt!«

Der Arzt bestand schließlich darauf, dass er mir erst noch einen anderen Verband machen müsste. Dann würde er mich später hinüberschicken. Gerade konnte ich Jaap noch einen letzten Blick zuwerfen, als ich auch schon mit den beiden Männern aus dem Zimmer humpeln musste.

Die folgenden Wochen und Monate blieb ich im Arbeitskommando diesem widerlichen Oberwachtmeister Petersen unterstellt. Den Namen werde ich nie vergessen. Er stammte eigentlich aus Hamburg und war ein Schwulenhasser schlimmster Sorte. Nach kurzer Zeit war mir klar, dass er mich und noch fünf andere Jungen, die wegen § 175 verurteilt worden waren, ganz gezielt aus der Krankenstation geholt haben musste.

Zu einer seiner ersten Aktionen gehörte, dass er uns abends nach der Arbeit jeweils in Einzelzellen einsperren ließ, sodass wir kaum noch Kontakt zu anderen Gefangenen bekamen. An den Außenseiten unserer Zellentüren ließ er Schilder anbringen, auf denen in großen Druckbuchstaben zu lesen war: ACHTUNG – UNZUCHT MIT TIEREN!

Unsere Arbeit bestand darin, Panzergräben auszuheben gegen die näher rückende Sowjetarmee. Oft war mir der Spaten mehr Krücke als Werkzeug. Einmal, als ich vor Erschöpfung kopfüber in den Schlamm stürzte und keinen Willen und keine Kraft mehr in mir spürte, mich zu erheben, trat er dicht neben mich und zischte mir zu:

»Ich weiß, wie man Kreaturen wie euch behandeln muss – ich habe bei Höß in Sachsenhausen gelernt! Anfassen werde ich dich nicht. Von mir aus kannst du hier liegen bleiben und verrecken. Nur damit es dir klar ist: Wenn du nachher beim Einrücken nicht allein zurückläufst, wirst du erschossen!«[13]

Bis heute weiß ich nicht, wie ich an jenem Abend zurück in meine Zelle gekommen bin. Es muss mir irgendein Mitgefangener geholfen haben. Jede eigene Erinnerung daran fehlt.

In den folgenden Monaten gab es nur ein einziges herausragendes Ereignis, das der Erwähnung wert ist. Im September 1944 drang die Nachricht zu uns durch, dass sich Einheiten der polnischen Untergrundarmee gegen die inzwischen zurückweichende deutsche Wehrmacht erhoben hätten – in Warschau! Dies machte mir persönlich noch einmal Mut. Aber es änderte natürlich überhaupt nichts an unserem täglichen Los. Jedoch gab es wieder Hoffnung, wirkliche Hoffnung auf ein baldiges Ende des Krieges!

Der Aufstand in Warschau konnte von den Deutschen noch einmal blutig niedergeschlagen werden. Beinah 170 000 polnische Zivilisten verloren dabei ihr Leben, etwa 70 000 wurden in Konzentrationslager oder zur Zwangsarbeit verschleppt. Die Stadt Warschau wurde »zur Strafe« weitgehend dem Erdboden gleichgemacht. Doch auf der anderen Seite der Weichsel stand bereits die Rote Armee. Jetzt ging es vor allem darum durchzuhalten …

## *Flucht über den Fluss*

Ende September 1944 waren alle Gräben fertig ausgehoben. Bevor hier deutsche Soldaten ihre Stellungen beziehen sollten, wurde unser Arbeitskommando in ein Barackenlager in die Nähe der weiter südlich gelegenen Stadt Graudenz befohlen. Petersen, dieser Menschenschinder, blühte zur Höchstform auf, als er uns magere Herde Jungen mit seinen Leuten über die Landstraße trieb.

Einziger Trost für mich war, dass ich einmal von ferne glaubte, Jaap erspähen zu können. Jedenfalls humpelte in einer anderen Gruppe ein Junge mit kurzen, strohblonden Stoppelhaaren, der ihm verdammt ähnlich sah. Zu winken traute ich mich nicht. Denn Petersen hatte nach wie vor ein besonderes Auge auf uns »Kreaturen«.

In Graudenz angekommen, gab es eine freudige Überraschung: Oberwachtmeister Petersen verließ uns, unmittelbar nachdem er uns abgeliefert hatte. Ob er regulär abgelöst worden ist oder sich angesichts der näher rückenden Sowjets selbst aus dem Staub gemacht hat, vermag ich nicht zu sagen. Wir fünf »Kreaturen« atmeten jedenfalls erleichtert auf – den Kerl hatten wir überstanden!

Bei der Übergabe wurde ich mit noch einigen anderen Jungen vom schweren Arbeitskommando erlöst. Verband und Hose waren nach dem Marsch völlig durchgeblutet, außerdem stank die eitrige, großflächige Wunde widerlich. Einer der Wachleute, der sich mein Bein besehen hatte, meinte: »Tja, Junge, so einen Luxus wie Krankenstation gibt's hier nicht mehr. Aber komm mal mit – du arbeitest ab jetzt im Magazin, da bist du nicht im Freien, und die Arbeit ist zum Aushalten …«

Im Vergleich zu der Schufterei in Stuhm war die Arbeit im Magazin geradezu ein Vergnügen. Magazin bedeutete die Verwaltung der letzten noch verbliebenen Kleider und Werkzeuge des Lagers. Und noch wichtiger: Das Magazin lag gleich neben der Küche. Bereits nach wenigen Stunden hatte ich heraus, dass hier emsige Tauschgeschäfte im Gange waren. Für mich war zunächst vor allem hilfreich, dass ich wieder ab und zu einigermaßen saubere Stoffreste ergattern konnte, um meine Wunden zu verbinden.

Nach ein paar Tagen bekam ich auch heraus, dass Jaap

tatsächlich mit nach Graudenz gekommen war. Leider hatte ihn das Schicksal diesmal härter getroffen: Trotz seines schlecht zusammengewachsenen Beinbruchs war er erneut in das Kommando zum Gräbenausheben beordert worden. Erst nach zwei Monaten fanden wir eine Möglichkeit, uns kurz hinter den Latrinen zu treffen. Es war inzwischen wieder Winter geworden, und ich erschrak zutiefst, als ich seine blasse und abgemagerte Gestalt sah. Seine einst blonden Stoppelhaare waren beinah grau geworden. Nur seine wunderschönen blauen Augen hatten ihr Leuchten nicht verloren.

»Wie gut, dich wieder zu sehen!«, begrüßte er mich herzlich mit seinem netten niederländischen Akzent. Wir umarmten uns wie Geschwister. Endlich war ich einmal der größere Bruder.

»Junge, du bist ja nur noch Haut und Knochen! Und das sind alle Klamotten, die du bei der Grabeskälte hast?«

Jaap nickte gleichgültig: »Lass mal, im nächsten Frühjahr ist alles vorüber … du – dann fressen wir, bis wir platzen!«

Noch in der gleichen Nacht gelang es mir, für Jaap wenigstens ein paar wärmere Klamotten aus dem Magazin zu organisieren. Obwohl wir uns von da an regelmäßig einmal in der Woche treffen wollten, erschien er nicht mehr an unserem geheim verabredeten Treffpunkt. Ich begann mir große Sorgen um ihn zu machen. Aber es war einfach nicht herauszubekommen, was mit ihm war. Wenn er nur nicht krank geworden war …

In den letzten Tagen in Graudenz gab es noch einmal großen Ärger mit dem anderen Jungen, der mit mir im Magazin arbeitete. Er hieß Helmut, stammte aus Deutschland und war schon vor mir hier gewesen. Er war ein bildschöner Junge, höchstens siebzehn Jahre, der hier nicht nur ein ausgefeiltes Schwarzmarktsystem aufgebaut hatte, sondern seinen Körper auch ab und zu anbot, um Lebensmittel oder andere wertvolle Dinge zu erhalten.

In der Nacht zuvor hatte es einen Streit zwischen dem Koch, der ihn regelmäßig besuchte, und ihm gegeben. Der Koch hatte ihn daraufhin bei einem der Wachleute angezeigt und bei einer Kontrolle waren tatsächlich mehrere Betrügereien entdeckt worden. Obwohl auch ich anfangs von seiner Erscheinung fasziniert war, hatten wir doch keine rechte Sympathie zueinander entwickeln können. Ich weiß bis heute nicht, ob er wirklich für Männer fühlte, oder ob es für ihn nur eine Art des Überlebens war, für die er sich zu gern gerächt hätte. Gegenüber dem Wachmann sagte er jedenfalls aus, dass alle Unregelmäßigkeiten erst begonnen hätten, seit ich hier wäre.

Noch am gleichen Tag erhielten wir beide fünfzehn Hiebe Strafe. Ich bebte vor Wut. Als wir endlich allein waren, stellte ich ihn sofort zur Rede: »Du mieser Lügner! Warum hast du mich da mit reingerissen? Wir beide haben anderen Männern Klamotten aus dem Magazin zukommen lassen, aber du viel mehr und viel länger als ich. Warum hast du das getan?«

Ich hielt Helmut am Hemdkragen fest und war drauf und dran, ihm eine Tracht Prügel zu verpassen. Als ich schon ausholen wollte, bemerkte ich, wie er zitterte und Tränen über seine Wangen liefen, ohne dass er ein Wort sprach. Der Anblick seines hübschen und doch von innerer Zerrissenheit geprägten Gesichts rührte mich tief, sodass ich ihn losließ und mich heftig abwandte, um ihn das nicht spüren zu lassen.

Wie sehr sehnte ich mich in dieser Zeit nach Willi… Manchmal dachte ich, dass alles so weit zurücklag, als sei es in einer ganz anderen Welt geschehen. Dann war es mir wieder so gegenwärtig, als hätten wir uns eben in unserer Scheune umarmt, als würde ich noch seine Haut an der meinen spüren…

Noch immer versuchte ich, fest daran zu glauben, dass wir uns nach dem Krieg wiedersehen würden. Mein Verstand sagte mir zwar, dass er sowohl an der Ostfront gefallen als auch durch meinen Brief zu Tode gekommen sein konnte – aber beide Möglichkeiten vermochte ich einfach nicht zu glauben. Wenn nur erst der Krieg vorbei wäre, wenn ich nur erst wieder frei wäre, dann würde ich ihn schon finden…

Mitte Januar 1945 bekamen wir plötzlich Anweisung, alle noch verbliebenen Sachen des Magazins in Kisten zu verpacken. War die Rote Armee schon so dicht herangekommen?

Am Samstag, dem 19. Januar 1945, nur wenige Tage nach meinem zwanzigsten Geburtstag, war dann mit einem Mal eine ungeheure Panik unter den Wachmannschaften zu spüren. Anscheinend hatte es einen Abmarschbefehl zur Auflösung des Lagers erst für die folgende Woche gegeben, und nun war ein Streit entbrannt, ob noch gewartet werden sollte oder nicht. Schließlich setzte sich die Fraktion derjenigen durch, die noch am gleichen Tag aufbrechen wollten.

Im allgemeinen Durcheinander war es einer Gruppe von Jungen gelungen zu türmen. Allerdings wurden drei der Jungen noch in der Nähe des Lagers erwischt und sofort erschossen. Dies war auch als deutliche Warnung an uns andere gerichtet.

Als die Gruppen für den Marsch zusammengestellt wurden, gab es eine freudige Überraschung für mich. Seit Stunden hatte ich schon nach Jaap Ausschau gehalten, aber ihn noch immer nirgends entdecken können. Gerade als ich endgültig mit einem der Wachleute das leere Magazin verlassen wollte, stand er plötzlich vor mir: Jaap! Noch blasser, noch grauer, noch abgemagerter – aber lebendig!

»Mensch, Jaap, hast du mir gefehlt! Wo hast du dich denn nur versteckt gehalten die letzte Zeit?«

»Scheiße!«, antwortete Jaap trocken.

»Wie bitte?«

»Ich habe mich halb tot geschissen! Durchfall von früh bis spät. Bis nichts mehr kam. Dann hatte ich hohes Fieber und war ziemlich bewusstlos für zwei oder drei Wochen. Na ja – und für die Reise bin ich doch noch rechtzeitig da, oder?«

Wie war ich froh, ihn wieder in der Nähe zu haben! Wir nahmen uns fest vor, uns unter keinen Umständen wieder trennen zu lassen, bis dieser hundsgemeine Krieg endlich vorüber wäre.

Unser Ziel sollte irgendeine noch funktionierende Bahnlinie weiter westlich sein, mit der der ganze Haufen dann »heim ins Reich« fahren sollte. Ob und wo wir die erreichen sollten, war auch den Wachleuten nicht ganz klar. Jeder packte sich mit allen verfügbaren restlichen Stofffetzen so gut ein, wie es nur eben ging. Jaap und ich wickelten zuletzt unsere Köpfe gegenseitig so ein, dass schließlich nur noch ein kleiner Schlitz für die Augen blieb. Bei 25 Grad minus wirklich kein Luxus.

Die ersten beiden Tage waren am schlimmsten. Zunächst ging es über die zugefrorene Weichsel in nordöstlicher Richtung. Es wurden nur alle paar Stunden ganz kurze Pausen gemacht. Es hieß immer, wer einschlief, wäre sowieso verloren. Die Wachleute hatte uns wiederholt mitgeteilt, dass jeder, der zurückblieb oder zu fliehen versuchte, erschossen werden würde. Dass sie damit nicht scherzten, mussten wir schon in der ersten Nacht erfahren. Zwei von uns fünf Jungen, die Petersen immer als »schwule Kreaturen« bezeichnet hatte und die inzwischen feste Freunde waren, hatten versucht, im Schutz der Dunkelheit einen anderen Weg zu nehmen. Wir anderen hörten nur zwei peitschende Schüsse und sahen sie nie wieder …

Die meisten Höfe und Häuser, an denen wir vorbeikamen, waren längst verlassen. Trotzdem gingen immer zwei oder drei unserer Wachleute mit gezogenen Pistolen hinein, um nach Essensresten zu suchen. Einmal fanden sie tatsächlich einen riesigen Korb mit Broten, den irgendjemand zurückgelassen haben musste. Vielleicht war der ursprüngliche Eigentümer auch längst nicht mehr am Leben. Jedenfalls weiß ich noch, dass wir es doch fair fanden, dass die Männer diesen Schatz ziemlich gerecht mit uns teilten.

Jaap und ich konnten erstaunlich gut Schritt halten mit den anderen, obwohl wir schwer humpelten. Aber irgendwie hatte fast jeder von uns eine Behinderung, sodass unser Tempo insgesamt nicht sehr beeindruckend war.

Am Abend des zweiten Tages setzten bei vielen von uns ungeheure Schmerzen ein, die den ganzen Körper erfüllten. Jeder Schritt wurde zu einer Folter. Zusätzlich hatten mehrere, auch ich, mit massiven Schwindelgefühlen zu kämpfen, sodass wir von ferne sicher wie eine Horde Betrunkener anzusehen waren. Sieben Jungen, darunter zwei unserer Jüngsten, blieben an diesem Abend im eisigen Schnee zurück. Einer von ihnen bat sogar um eine Kugel, weil er die Schmerzen nicht mehr aushalten konnte. Selbst die hartgesottenen Wachleute brachten es nicht über sich, die hilflosen Wesen abzuknallen. Diese Nacht würde ohnehin für jeden von ihnen die Letzte sein …

Am Mittag des dritten Tages sprach Jaap ein letztes

Mal auf diesem Marsch zu mir: »Stefan – wir geben nicht auf, ja?«

Ich schüttelte nur grimmig den Kopf. Meine Zunge war inzwischen so angeschwollen, dass selbst das Reden zu einer Qual geworden war. Von diesem Tag an setzte aber zumindest eine Art allgemeiner Betäubung ein, sodass wir weder die Umgebung noch uns selbst wirklich wahrnahmen. Wie Roboter taumelten wir durch die eisige Winterlandschaft. Die wenigen hellen Stunden am Tage wechselten mit den langen, dunklen Nächten, ohne dass ich die einzelnen Tage noch unterscheiden konnte.

Mein Gehirn war allein darauf konzentriert, den Rücken meines Vordermannes Jaap nicht aus dem Blickfeld zu verlieren. Irgendwann sah ich Bilder, bunte Bilder mit grellen Farben, die sich aus den schmuddeligen Tönen des Musters seiner Jacke zu lösen begannen und wild vor meinen Augen zu tanzen begannen. Dann wieder dröhnten laute Geräusche in meinen Ohren, die ich selbst durch intensives Kopfschütteln nicht mehr zum Schweigen bringen konnte. All das untermalt von dem letzten Willen, den linken Fuß vor den rechten zu setzen, dann den rechten vor den linken, dann …

Später habe ich erfahren, dass wir tatsächlich vierzehn Tage auf diese Weise unterwegs gewesen waren. Bis heute habe ich nicht herausbekommen, wo wir auf die Bahnlinie gestoßen sind. Ich weiß nur noch, dass es nachts war, als Pfiffe und gellendes Quietschen von bremsenden Eisenbahnrädern durch alle Phantastereien schnitten. Wie Vieh stießen uns kräftige Hände in Güterwaggons. Wenig später rumpelten wir per Bahn weiter nach Westen. Ich meine mich zu erinnern, dass meine Füße noch stundenlang später Gehbewegungen machten. Aber das war sicher Einbildung, anders kann ich es mir nicht erklären …

Am Nachmittag des folgenden Tages hielt der Zug plötzlich mit einem scharfen Ruck. Mein Nebenmann stürzte so hart gegen mein wundes Bein, dass ich vor Schmerz wach wurde und ihn im Reflex zurückstieß. Als ich meine Augen auftat, erkannte ich meinen halb erfrorenen Bruder-Freund Jaap neben mir. Gott sei Dank, wir hatten uns nicht verloren!

Zunächst hatte ich keine Vorstellung, wo wir gelandet sein mochten. Soweit ich es sehen konnte, handelte es sich um den Güterbahnhof einer großen Stadt in Deutschland. Wir wurden von den Waggons noch zweimal umgeladen – von Lastwagen auf Kutschen, oder waren es kleine Fährboote? Zwischendurch fielen mir immer wieder die Augen zu, aber ich blieb wach genug, um darauf zu achten, dass Jaap nicht wieder verloren ging.

Als ich das nächste Mal zu mir kam, lag ich auf einem richtigen Feldbett unter einer kratzigen Decke. Erschrocken merkte ich, dass ich keinerlei Klamotten mehr am Leib hatte, nur mein Bein war mit irgendwelchen Stoffresten frisch verbunden. Wo war ich?

Bevor ich mich richtig umschauen konnte, beugte sich

ein grauer Stoppelkopf über mich: »Na, hast du endlich ausgeschlafen, großer Bär?«

Auch Jaap hatte eine Decke um seine Schultern geschlungen und thronte auf einer Pritsche. Erleichtert schaute ich ihn an.

»Wir sind auf einer Insel bei Hamburg«, fuhr Jaap fort. »Hahnöfersand – schon mal gehört? Eine Insel in der Elbe für jugendliche Gefangene. Eigentlich ganz nett hier, soweit ich das beurteilen kann. So Ackerbau und Viehzucht, weißt du?«

Durch ein staubiges Fenster drang mattes Sonnenlicht in das Zimmer. Erst jetzt fiel mir auf, dass das Fenster gar keine Gitter hatte. Na ja, von der Insel konnte man wahrscheinlich ohnehin nicht ohne weiteres herunter.

Jaap berichtete mir weiter, dass er für uns schon Arbeit in der Schweinezucht organisiert hätte. »Ist das nicht irre? Die haben hier tatsächlich noch Schweine!«

Nach ein paar Tagen war ich so weit in Ordnung, dass ich Jaap zu den Schweineställen begleiten konnte. Die Viecher sahen auch nicht gerade rundlich aus. Trotzdem bemühte sich die Gefängnisleitung, bis in die letzten Kriegstage hier auf der Insel so etwas wie Selbstversorgung aufrechtzuerhalten.

Immer häufiger hörten wir nun bis hinunter zu unserer Insel, wie die große Stadt Hamburg von den Bombern der Alliierten heimgesucht wurde. Mehr als einmal leuchtete nachts der Horizont dunkelrot vom Feuerschein der brennenden Stadt. Einmal sagte Jaap: »Wenn doch hier über dem Laden auch mal so ein Ding explodieren würde!«

Doch da widersprach ich ihm heftig: »Hör mal – so kurz vor Toresschluss? Du – jetzt geht es nur noch um Tage! Wirst sehen!«

Der Frühling 1945 brach an mit ersten milden Tagen. Was für ein Geschenk nach den Schrecken dieses furchtbaren Winters! Doch vom Ende des Krieges war immer noch keine Rede. Die Wachleute ließen inzwischen unsere Zellentüren bei Luftangriffen offen. Es schien so, als hätten einige von denen selbst Fluchtpläne …

Ende April 1945 kam Jaap am späten Nachmittag auf mich zugelaufen, als ich gerade mit dem täglichen Ausmisten des Stalls fertig war.

»Stefan – schmeiß die Forke hin und komm schnell! Zwei andere Jungen haben ein angetriebenes Boot packen können und mich gefragt, ob ich mittürmen wollte. Ich habe ihnen gesagt, dass ich nur einem Freund schnell Bescheid sagen würde und sofort zurück sei. Du kommst doch, ja?«

Keine Frage. Die Engländer und auch vereinzelte Kanadiereinheiten konnten nicht mehr weit von hier sein. Wiederholt waren deren Flugzeuge schon so niedrig über uns hinweggeflogen, dass wir ihre Hoheitszeichen hatten erkennen können und wie verrückt gen Himmel gewunken hatten. Vielleicht kamen ja die Wachleute zu guter Letzt doch noch auf die Idee, uns als unliebsame Zeugen aus dem Weg zu schaffen. Nein, dann lieber den Alliierten entgegenlaufen …

So schnell wir konnten und dabei doch die Deckung von Büschen und Bäumen ausnutzend, liefen wir aus dem eigentlichen Gefängnisgelände hinunter an eine Böschung am Elbe-Ufer. Ein Glück – die beiden Jungen hatten tatsächlich auf Jaap und mich gewartet. Jetzt sprangen wir in den kleinen, alten Kahn und paddelten wie wild mit Hilfe von ein paar alten Brettern in Richtung Ufer. Die Strömung war so stark, dass wir ein ganzes Stück flussabwärts trieben. Aber das konnte uns im Grunde egal sein. Nur weg von der Insel …

Endlich stieß der Bug des Kahns ans Ufer. Übermütig sprangen wir an Land und liefen die Böschung hoch, um zu schauen, ob Feinde in der Nähe waren. Erst als wir weit über das platte Land sehen konnten und weit und breit niemand erblickten, ließen wir ein ausgelassenes Geheul los. Wir waren frei! Wir waren der elenden Gefangenschaft entkommen!!

Doch wohin sollte es nun von hier aus gehen? Die beiden Jungen waren Belgier und wollten wie Jaap so schnell wie möglich gen Westen. Und wo wollte ich hin?

»Du kommst natürlich mit zu mir nach Holland!«, schlug Jaap entschlossen vor. »Erst holen wir meine Mutter aus Amsterdam ab und dann fahren wir gemeinsam in unser schönes Häuschen an die Nordsee. Da wird es dir bestimmt auch gefallen!«

Für Jaap war es selbstverständlich, dass wir uns nie

wieder trennen würden. Aber musste ich nicht so schnell wie möglich heim nach Polen? Wenn nur Mutter und Mikolaj noch am Leben waren! Sie würden doch bestimmt in großer Sorge um mich sein, denn inzwischen waren viele Monate vergangen, ohne dass wir noch etwas voneinander gehört hatten. Und was war mit Willi? Ob er auch wie ich das Ende des Krieges würde erleben können? Wann – wann endlich würden wir uns wiedersehen?

Da ich jetzt ohnehin nicht von hier aus nach Osten laufen konnte, wegen der dort noch verbliebenen letzten Bastionen der Deutschen, beschloss ich, zumindest bis zu den Alliierten mit Jaap und den anderen gen Westen zu gehen.

Weil wir nicht wussten, wie weit der Weg bis zur Frontlinie noch war, beschlossen wir, gleich die erste Nacht durchzulaufen und uns lieber tagsüber in einem Versteck auszuruhen. Doch schon im Morgengrauen sahen wir in der Ferne ein Militärcamp. Als wir auf Sichtweite herangeschlichen waren, konnten wir eine schlappe britische Fahne an einem Mast baumeln sehen.

Jaap, der als Einziger von uns englisch konnte, schlug vor, dass wir einfach gemeinsam so lange und so laut »Good morning!« rufen sollten, bis die Wachen uns erspäht und als Flüchtlinge erkannt hatten.

Und so geschah es. Nach Jahren erhielten wir alle vier zum ersten Mal wieder ein richtiges Frühstück – mit gebratenen Eiern! Es blieb zwar bei keinem von uns lange im Magen, aber der Geschmack war einfach himmlisch gewesen. Danach schliefen wir durch bis zum folgenden Morgen …

Die Entscheidung über den weiteren Weg war jedoch noch offen. Wieder beschwor mich Jaap, auf alle Fälle zunächst zu ihm nach Hause zu kommen.

Doch inzwischen stand mein Plan fest. Ich wollte noch am gleichen Tag einen Brief an Mutter und Mikolaj schreiben und einem der Offiziere geben, mit der Bitte, ihn sofort auf den Weg nach Polen zu bringen, sobald es wieder entsprechende Möglichkeiten gäbe. Ich selbst hatte mich entschlossen, nach Süden aufzubrechen. Ab München sollten bereits zweimal pro Woche regelmäßig Militärtransporte der Alliierten nach Wien gehen. Wien – ob Willi vielleicht schon da war? Dies herauszufinden hatte ich noch vor mir, bevor ich wissen würde, wohin ich in Zukunft gehören sollte …

# »Ich bin Stefan K.«

Der Brief an Willi. Ich spüre noch das braune Papier in der Hand, auf das ich meine Worte in schlechtem Deutsch notierte.

Der Brief, den die Nazis benutzten, um mich einzusperren und zu foltern. Der Brief, der vielleicht Willis Leben gekostet hat.

Ich bin 1947, als meine Verwundungen einigermaßen ausgeheilt waren, nicht nach Wien gefahren. Dieses Buch ist meine wahre Geschichte, die ich vor dem Druck sorgfältig gegengelesen habe. Allein hätte ich sie nicht aufschreiben können. So war es. So habe ich es erlebt. Es soll nie wieder geschehen. Niemandem.

Ich bin im Sommer 1947 nach Polen zurückgekehrt.

Obwohl sich meine Gefühle für Willi nicht geändert hatten, war mir doch inzwischen klar geworden, dass mit der Befreiung von der Nazi-Herrschaft noch lange keine Befreiung für homosexuelle Männer und Frauen einhergegangen war. Vielleicht würde ich Willi, wenn er tatsächlich überlebt hatte, nur neue Schwierigkeiten machen, wenn ich plötzlich in Wien bei seiner Familie auftauchen würde? Es war jedoch nicht nur das. Ich hatte einfach große Angst, damit konfrontiert zu werden, dass mein Brief ihn möglicherweise den Nazis ausgeliefert hatte.

Hinzu kam, dass ich inzwischen Briefkontakt zu meinen Eltern und Geschwistern in Toruń hatte. Meine liebe Mutter wünschte sich nichts sehnlicher, als mich vor ihrem Tode noch einmal wieder zu sehen.

In Polen bin ich bis heute geblieben. Bis 1960 musste ich es; danach gab es zwar erste Möglichkeiten zur begrenzten Ausreise, aber bis Wien kam ich nie. Vor allem in den Jahrzehnten des Stalinismus hatte ich nicht nur ein beständiges Doppelleben als Homosexueller zu spielen, sondern auch einige berufliche Nachteile. Immerhin gelang es mir noch, das Abitur nachzuholen und ein Universitätsstudium zu absolvieren. Meinen Beruf als Ökonom konnte ich jedoch nie in der Position ausüben, die mir eigentlich von der Ausbildung her zugestanden hätte. 1980 wurde ich mit 55 Jahren aus gesundheitlichen Gründen, die überwiegend aus der NS-Haft resultierten, mit reduzierter Rente in den Ruhestand geschickt.

Die jüngsten politischen Veränderungen hin zu mehr Demokratie in ganz Osteuropa habe ich auch als homosexueller Mann mit viel Hoffnung und Anteilnahme verfolgt. Man kann heute auch in Polen viel freier atmen.

Leider hat sich in den letzten Jahren mein Gesundheitszustand erheblich verschlechtert. Ich bin heute 65 Jahre alt. Eigentlich steht mir schon seit längerem eine größere Operation bevor, die allerdings unter den schlechten medizinischen Bedingungen in Polen mit erheblichen Risiken verbunden ist.

Auch vor diesem Hintergrund habe ich mich seit 1988 in der Bundesrepublik Deutschland um eine Anerkennung als NS-Verfolgter und um eine Entschädigung für die Zeit der NS-Haft bemüht. Bis heute sind alle offiziellen Eingaben bei Regierungsstellen und Stiftungen erfolglos geblieben. Umso größerer Dank gebührt einer Initiative von deutschen Homosexuellen, die über Zeitungsaufrufe und öffentliche Veranstaltungen Geld gesammelt haben. Dies ermöglichte mir die Anschaffung westlicher Medikamente, die ich sonst nicht hätte bezahlen können. Auch wurde ich von ihnen immer wieder ermutigt, offizielle Anträge zu stellen. Solange meine Kraft reicht, will ich das auch tun.

Vergessen habe ich Willi nie. Erst während der Zusammenarbeit an diesem Buch habe ich jedoch begonnen, nach ihm zu suchen. Nachforschungen beim Bundes-Militärarchiv in Freiburg sowie bei verschiedenen Suchdiensten blieben bis heute ergebnislos. Meine Angst vor einer schrecklichen Wahrheit ist nicht verschwunden.

Willi verdanke ich bis heute, dass ich meine Liebesgefühle von Anfang an als etwas Schönes erleben konnte. Inzwischen ist mir auch über meinen persönlichen Fall hinaus wichtig geworden, dass Menschen in allen Ländern dieser Welt endlich begreifen, dass es immer ein Verbrechen ist, Liebe zu bestrafen und Gewalt zu tolerieren. Allein umgekehrt macht es doch einen Sinn.

Stefan K. Warschau, im Dezember 1990

# *Nachwort des Autors*

Bis heute, zehn Jahre nach Erscheinen der ersten Auflage von *Verdammt starke Liebe*, hat Stefan keine Entschädigung für das in der NS-Zeit erlittene Unrecht von einer deutschen Regierung erhalten. Aber er hat inzwischen eine schwere Operation überlebt, hat lange Zeit viele an ihn gerichtete Briefe von vor allem jugendlichen Leserinnen und Lesern persönlich beantwortet und war sogar – nach Erscheinen der englischen Übersetzung des Buches – mehrere Wochen auf Lesereise in den USA. Dort ist er unter anderem von der Steven-Spielberg-Foundation sowie dem Holocaust Memorial Museum in Washington interviewt worden.

Im Jahr 2001 ist sein 76. Geburtstag. »Lesereisen sind nun nicht mehr drin«, sagt er. Die Buchhonorare und einige Spenden (darunter von einem Schweizer Fonds für vergessene Opfer des NS-Regimes) gehen überwiegend für Medikamente und ärztliche Betreuung drauf. Außer in den USA und den Niederlanden, wo er öffentlich und mutig Rede und Antwort stand, hat er sich nach dem letzten mehrwöchigen Krankenhausaufenthalt, der ihn sehr geschwächt hat, endgültig zurückgezogen. Mehrere Interviewnachfragen von Journalisten lehnte er ab.

»Die alten Ängste kommen immer wieder!«, erklärte er am Telefon. »Und ich könnte mich heute nicht mehr verteidigen, wenn mich jemand attackieren würde.«

Nie vergessen werde ich, wie Stefan vor wenigen Jahren in unserem Zuhause in Amsterdam dem jungen Iraner Said begegnete, der aus Teheran geflüchtet war, nachdem er als 17-Jähriger wegen Homosexualität von einem Gericht zu achtzig Peitschenhieben verurteilt und von einem Offizier vergewaltigt worden war. Die beiden redeten erst lange in einem Zimmer zu zweit miteinander und saßen dann für den Rest des Abends still, aber in spürbar gefühlsmäßiger Nähe nebeneinander. *Amnesty International* hatte kurz zuvor einen Bericht veröffentlicht, dem zufolge bis heute in neun Ländern die Todesstrafe gegen Homosexuelle besteht, in vielen Ländern lebenslange Freiheitsstrafen verhängt und in noch mehr Ländern lesbische Frauen und schwule Männer mit Duldung oder gar Unterstützung der Polizei Opfer von Überfällen werden.

Seit kurzem interessiert sich eine amerikanische Filmfirma für Stefans Geschichte. In vielen Schulklassen und Jugendgruppen in mehreren Ländern ist Stefans Buch bereits Anlass für intensive Gespräche untereinander gewesen – über den Wunsch, so leben und sein zu können, wie man ist oder sein möchte, und die notwendige Achtung der anderen davor. Stefan und Said machen auch deutlich, dass dies für jeden von uns gilt.

Lutz van Dijk — Amsterdam, im November 2000

# *Anmerkungen*

1 Wenige Monate später, im Mai 1940, präzisierte der Reichsführer der SS, Heinrich Himmler, die ersten Anordnungen für den Schulbesuch polnischer Kinder in einer Denkschrift:

»Eine grundsätzliche Frage bei der Lösung aller dieser Probleme ist die Schulfrage und damit die Frage nach der Sichtung und Siebung der Jugend. Für die nicht deutsche Bevölkerung des Ostens darf es keine höhere Schule geben als die vierklassige Volksschule. Das Ziel dieser Volksschule hat lediglich zu sein:

Einfaches Rechnen bis höchstens 500, Schreiben des Namens, eine Lehre, dass es ein göttliches Gebot ist, den Deutschen gehorsam zu sein und ehrlich, fleißig und brav zu sein. Lesen halte ich nicht für erforderlich.« (Zitiert nach Hans-Jochen GAMM: Führung und Verführung. Pädagogik des Nationalsozialismus, Frankfurt/New York, 2. Auflage 1984, S. 453.)

2 Während der Zeit der deutschen Besatzung von 1939–1945 musste die polnische Bevölkerung schwerste Verluste ertragen: Von insgesamt 35 Mill. Polen verloren etwa sechs Mill. ihr Leben, davon rund drei Millionen

polnische Juden. Von den ungefähr zwei Millionen nach Deutschland verschleppten Zwangsarbeitern kam etwa die Hälfte unter unmenschlichsten Arbeitsbedingungen um; diejenigen, die zurückkehren konnten, hatten oft schwere Gesundheitsschäden. Weder die Hinterbliebenen der Toten noch die bis heute an den Folgen jener Jahre Leidenden haben bisher Entschädigungen erhalten, obwohl viele der deutschen Firmen, die damals an polnischen Zwangsarbeitern verdienten, heute Milliardenumsätze haben. Eine im Auftrag der deutschen Regierung gegründete Stiftung zur Entschädigung der Zwangsarbeiter ist bislang nicht arbeitsfähig, da die verantwortlichen Firmen die ihnen zugedachten Anteile nicht oder nur unzureichend eingezahlt haben.

3 Während der Besetzung war es Polen verboten, nach 20 Uhr auf der Straße zu sein. Ausnahmen – mit so genannten Passierscheinen – wurden nur denjenigen gewährt, die früher oder später zu ihren Arbeitsstellen mussten und dies nachweisen konnten.

4 Noch am 23. 8. 1939 hatte zwischen Deutschland und der Sowjetunion die Unterzeichnung eines »Nichtangriffspaktes« stattgefunden, in dem in einem geheimen Zusatzprotokoll beide Regierungen sich über die jeweilige Einverleibung Polens verständigt hatten. Daraufhin folgte der Überfall auf Polen am 1. 9. 1939 so-

wie der »Westfeldzug« ab 10. 5. 1940. Am 22. 6. 1941 überfiel die deutsche Wehrmacht nun ohne Kriegserklärung und unter Brechung des »Nichtangriffspaktes« die Sowjetunion.

5 Vor dem Zweiten Weltkrieg wohnten etwa 50 000 Menschen in Toruń, darunter etwa 3 000 Nicht-Polen. Heute hat Toruń etwa 150 000 Einwohner (genaue Angaben der Volkszählung von 1931 lauten: 54 280 Polen, davon 2937 Nicht-Polen = 5,4 %).

6 Unter weitgehender Zustimmung der österreichischen Bevölkerung überschritten deutsche Wehrmachtseinheiten am 12. 3. 1938 die Grenze zwischen beiden Ländern. Zwei Tage später verkündete Adolf Hitler unter Jubel in Wien den »Anschluss« Österreichs an das Deutsche Reich. Österreich hieß ab nun »Ostmark«. Anfang April 1938 wurde das erste KZ im österreichischen Mauthausen eingerichtet.

7 Gemeint ist Dr. Magnus Hirschfeld (1868–1935), der sich bereits zur Kaiserzeit gegen die Bestrafung von Homosexualität (§ 175), für ein liberales Scheidungsrecht sowie für Geburtenkontrolle engagiert hatte. 1919 gründete er in Berlin das »Institut für Sexualwissenschaft«. Am 6. 5. 1933 wurde es von Studenten besetzt und geplündert und die gesamte Bibliothek bei der NS-Bücherverbrennung am 10. 5. 1933 ins Feuer

geworfen. Dr. Hirschfeld befand sich zu der Zeit in Frankreich, von wo aus er nicht mehr zurückkehrte. 1934 wurde ihm die deutsche Staatsangehörigkeit aberkannt. 1935 starb der Arzt im französischen Exil.

8 Allein in Toruń/Thorn wurden nach 1939 als eine der »Maßnahmen« der deutschen Besatzungspolitik 24 polnische Ärzte ermordet. Auch unabhängig vom Mangel an Medikamenten gab es für Polen von daher kaum noch medizinische Versorgung (nach Czestaw MADAJCZYK: Die Okkupationspolitik Nazideutschlands in Polen 1939–1945, Berlin [Ost]/Köln 1988, S. 306).

9 Die Worte dieses Briefes entsprechen dem Original, das der siebzehnjährige Pole Stefan K. 1942 an seinen Freund, den deutsch-österreichischen Wehrmachtssoldaten Willi G. sandte.

10 In der Nähe von Danzig befand sich das bereits im September 1939 eingerichtete Konzentrationslager Stutthof, das mehrere Außenlager besaß, so unter anderem auch bei Thorn/Toruń. Insgesamt gingen etwa 100 000 Menschen verschiedenster Nationalitäten durch dieses Lager. Zehntausende starben aufgrund der katastrophalen Unterbringung, tausende wurden systematisch durch Genickschussanlagen sowie ab Juni 1944 durch Vergasen ermordet.

11 Am 15. 11. 1941 verfügte Adolf Hitler, dass »zur Reinhaltung von SS und Polizei« ihre Angehörigen, sofern sie der Homosexualität überführt werden, ohne Rücksicht auf das Lebensalter mit dem Tode zu bestrafen seien (nach Hans-Georg STÜMKE: Homosexuelle in Deutschland. Eine politische Geschichte, München 1989, S. 121).

12 Der Paragraf 175 wurde erstmals 1871 in das deutsche Strafgesetzbuch aufgenommen, in dem Gefängnisstrafen vorgesehen waren für »widernatürliche Unzucht, welche zwischen Personen männlichen Geschlechts oder von Menschen mit Tieren begangen wird«. Dieser Paragraf wurde unter den Nationalsozialisten 1935 dahingehend verschärft und um den Paragraf 175a erweitert, dass nun »Unzucht zwischen Männern« überhaupt, das heißt auch einfachste oder vermutete Liebesbekundungen, wie Blickkontakte oder Liebesbriefe, straffähig wurden und darüber hinaus Zuchthaus bis zu zehn Jahren für »schwere Fälle« angesetzt werden konnte. Weitere Informationen siehe Zeittafel.

13 Mit »Höß« ist Rudolf Höß (1900–1947) gemeint, der zunächst im KZ Sachsenhausen als SS-Hauptsturmführer gearbeitet hatte und ab 1940 zum Kommandanten des KZ Auschwitz befördert wurde. In seinen in polnischer Haft verfassten Memoiren schrieb er

über »seine Erfahrungen« mit homosexuellen Häftlingen in Sachsenhausen: »Bei diesen half keine noch so schwere Arbeit, keine noch so strenge Aufsicht ... Viele begingen Selbstmord. Der ›Freund‹ bedeutete diesen Naturen in dieser Lage alles ...« (zitiert nach Martin BROSZAT/Hg.: Kommandant in Auschwitz. Autobiographische Aufzeichnungen des Rudolf Höß, München 1963, S. 81).

# Zeittafel zur Geschichte der Homosexuellenverfolgung

**1871** Nach Gründung des Deutschen Reiches wird im Strafgesetzbuch unter Paragraf 175 formuliert: »Die widernatürliche Unzucht, welche zwischen Personen männlichen Geschlechts oder von Menschen mit Tieren begangen wird, ist mit Gefängnis zu bestrafen …«
Bis zur Jahrhundertwende wurden jährlich zwischen 300 und 600 Männer nach § 175 in Deutschland rechtskräftig verurteilt. Wissenschaftliche Schätzungen gehen davon aus, dass es tausende waren, die jedes Jahr Opfer von Erpressung und Denunziation wurden. Die wenigsten dieser Fälle wurden aktenkundig, weil die Opfer aus Angst vor gesellschaftlicher Ächtung fast nie zur Polizei gingen. Homosexuelle (lesbische) Liebe zwischen Frauen wurde zwar auch gesellschaftlich geächtet, jedoch nur in Ausnahmefällen strafrechtlich verfolgt.

**1897** In Berlin gründete der Arzt und Sexualwissenschaftler Dr. Magnus Hirschfeld (1868–1935) das »Wissenschaftlich-humanitäre Komitee (WhK)«, eine Vereinigung, die sich vor allem für die Gleichberechtigung homosexueller Menschen engagierte.

Eine erste Aktion bestand in einer Unterschriftensammlung zur Abschaffung des § 175, die von einigen tausend Prominenten unterzeichnet wurde, unter anderem von Persönlichkeiten wie Martin Buber, Alfred Döblin, Albert Einstein, Gerhart Hauptmann, Karl Jaspers, Käthe Kollwitz, Heinrich und Thomas Mann, Walther Rathenau und Rainer Maria Rilke.

**1898** Am 13. 1. 1898 wurde diese Petition im Deutschen Reichstag vom SPD-Vorsitzenden August Bebel (1840–1913) vorgetragen und begründet, jedoch von der Mehrheit der Abgeordneten abgelehnt.

**1914** Bis 1914 gründen sich nach dem Vorbild des Berliner WhK ähnliche Organisationen zur Gleichberechtigung der Homosexuellen in den Niederlanden, England, Österreich und der Schweiz.

**1918** Nach dem Ende des Ersten Weltkriegs kommt es in der ersten deutschen Republik (»Weimarer Republik«) zu bisher nicht da gewesenen Rechten: Nach der Aufhebung der Pressezensur dürfen sich erstmals auch Homosexuelle organisieren und ihre Ansichten drucken und verbreiten. Der § 175 bleibt trotzdem weiter gültig.

**1919** Magnus Hirschfeld und das WhK gründen in Berlin das »Institut für Sexualwissenschaft«, in dem neben wissenschaftlicher Forschung auch die erste Ehe- und Sexualberatungsstelle Deutschlands eingerichtet wird. Im selben Jahr erscheint der erste unter der Beratung von Magnus Hirschfeld gedrehte (Aufklärungs-)Film über Homosexuelle mit dem Titel »Anders als die anderen«.

**1920** Nach einem Vortrag in München wird Magnus Hirschfeld von einem Studenten niedergeschlagen und verletzt.

**1925** Die gesellschaftliche und strafrechtliche Benachteiligung von Homosexuellen bleibt weitgehend auch in der Weimarer Republik bestimmend. Trotzdem entstehen immerhin in den Großstädten unterschiedliche Lokalitäten und Orte, wo sich Homosexuelle relativ ungestört treffen können. Der junge Schriftsteller Klaus Mann (1906–1949) beschreibt in seinem Buch »Der fromme Tanz« (1925) einen Teil der Berliner Szene.

**1929** Der Rechtsausschuss des Deutschen Reichstags beschließt eine Empfehlung zur Reform des § 175, nach der die »einfache Homosexualität« unter erwachsenen Männern straffrei werden sollte. Eine notwendige Abstimmung über diese Empfehlung kommt bis zum Ende der Weimarer Republik und dem Beginn der NS-Diktatur 1933 nicht mehr zu Stande.

**1933** Die »Nationalsozialistische Deutsche Arbeiterpartei (NSDAP)« unter ihrem »Führer« Adolf

Hitler hatte schon vor 1933 angekündigt, dass sie Homosexuelle als »Gefahr für den Fortbestand des Volkes« betrachte und entsprechend schwer zu bestrafen gedenke. Nach der so genannten »Machtergreifung« im Januar 1933 werden die meisten Homosexuellenlokale geschlossen und alle Homosexuellenorganisationen verboten. Gezielt verfolgt werden zunächst jedoch in erster Linie nur diejenigen, die sich auch politisch oppositionell engagiert hatten. So wird am 6. 5. 1933 das Berliner »Institut für Sexualwissenschaft« von NS-Studenten gestürmt und geplündert und die meisten Bücher und Dokumente werden während der öffentlichen Bücherverbrennung am 10. 5. 1933 mit ins Feuer geworfen. Mehrere bekannte Mitglieder des WhK werden verhaftet. Magnus Hirschfeld entgeht der Verhaftung nur, weil er sich bereits vor 1933 auf einer Auslandsreise befunden hatte und bis zu seinem Tode 1935 nicht mehr nach Deutschland zurückkehrt.
Ein anderer Grund für die anfangs nicht systematische Verfolgung aller Homosexuellen besteht darin, dass einige führende Nationalsozialisten in der Öffentlichkeit selbst als homosexuell bekannt sind. Am prominentesten war zweifelsohne der Stabschef der SA-Schlägertruppen Ernst Röhm (1887–1934), der als Vertrauter Hitlers galt.

**1934** Nicht nur wegen Machtkämpfen zwischen SA und Militär, sondern auch wegen Differenzen über den weiteren Weg der NS-Diktatur beschloss Hitler im Juni 1934, Ernst Röhm, seine Vertrauten sowie eine Reihe politischer Gegner ermorden zu lassen. Diese Mordaktion begann in den Morgenstunden des 30. 6. Sie wurde später der Öffentlichkeit gegenüber als notwendig gerechtfertigt, um einem angeblich geplanten »Putsch« Röhms zuvorzukommen. Obwohl Hitler über Röhms Homosexualität bereits Jahre im Bilde war, wurde in der offiziellen Berichterstattung besonders das »ausschweifende Leben Röhms und seiner Lustknaben« angeprangert. Ab jetzt begann die systematische Verfolgung homosexueller Männer. Im Oktober 1934 erhielten alle deutschen Polizeidienststellen die Gestapo-Anweisung, eine »namentliche Liste sämtlicher Personen (anzufertigen), die sich irgendwie homosexuell betätigt haben«.

**1935** Am 18. 6. 1935 wurde der § 175 dahingehend verschärft und um den § 175a erweitert, dass nun »Unzucht unter Männern« überhaupt, das heißt auch einfachste oder vermutete Liebesbekundungen, wie Blickkontakte oder Liebesbriefe, straffähig wurden und darüber hinaus Zuchthaus bis zu zehn Jahren für »schwere Fälle« angesetzt werden konnte.

**1936** Im Zuge der Neuorganisation der Kriminalpolizei wurde im Oktober 1936 die »Reichszentrale zur Bekämpfung der Homosexualität (§ 175) und der Abtreibung (§ 218)« eingerichtet. Die Zusammenfassung dieser beiden Ressorts erschien den Nazis deshalb logisch, da sowohl homosexuelle Männer als auch Frauen, die sich zur Abtreibung gezwungen sahen, als »bevölkerungspolitische Blindgänger« betrachtet wurden.

**1937** Diese Ideologie erläuterte der Reichsführer der SS Heinrich Himmler (1900–1945) im Februar 1937 u. a. wie folgt:

»Es gibt unter Homosexuellen Leute, die stehen auf dem Standpunkt: Was ich mache, geht niemanden etwas an, das ist meine Privatangelegenheit. Alle Dinge, die sich auf dem geschlechtlichen Sektor bewegen, sind jedoch keine Privatangelegenheit, sondern sie bedeuten das Leben und das Sterben eines Volkes, bedeuten die Weltmacht …«

**1939** Am 1. 9. 1939 Beginn des Zweiten Weltkriegs durch Überfall der deutschen Wehrmacht auf Polen.

**1940** Im Juli 1940 ordnet Heinrich Himmler offiziell an, »alle Homosexuellen, die mehr als einen Partner verführt haben, nach ihrer Entlassung aus dem Gefängnis in politische Vorbeugehaft zu nehmen«, das heißt in ein KZ einzuliefern.

Auch ohne diese Anweisung war bereits ab Februar 1933 (erstmals im KZ Hamburg-Fuhlsbüttel) die Kategorie der homosexuellen Häftlinge eingeführt worden, die später in den meisten KZs mit einem rosa Stoffwinkel gekennzeichnet wurden, der auf der Sträflingskleidung aufgenäht zu tragen war – ähnlich den gelben Winkeln der jüdischen oder den roten Winkeln der politischen Gefangenen.

Als Homosexuelle verdächtigte oder denunzierte Männer konnten auch ohne Gerichtsurteil direkt in ein Konzentrationslager als so genannte »Schutzhäftlinge« verbracht werden.

**1941** Durch einen »Führer-Erlass« wurde im November 1941 angeordnet, dass homosexuelle Handlungen in der SS und der Polizei »ohne Rücksicht auf das Lebensalter« mit dem Tode bestraft werden müssten.

**1945** Nach offiziellen Statistiken sind zwischen 1933 und dem Kriegsende im Mai 1945 allein 50 000 Männer nach § 175 verurteilt worden. Schätzungen unter Historikern gehen davon aus, dass davon etwa 10 000 Männer aller Altersstufen und Berufe in Konzentrationslager verschleppt wurden, wo die meisten von ihnen den Tod fanden. Viele überlebende Zeugen schilderten, dass die »Häftlinge mit dem rosa Winkel« oft besonders grausamen Quälereien und Folterungen ausgesetzt waren. Anders als die jüdischen Häftlinge fielen sie jedoch nicht der systematischen Massenvernichtung in Gaskammern zum Opfer.

**1945 – 1968** Während für die meisten politisch oder religiös Verfolgten im Mai 1945 endlich die Befreiung erfolgte, blieb die Ächtung für Homosexuelle weiter bestehen. Der § 175 blieb in der verschärften Form von 1935 in Kraft und danach Verurteilte konnten auf keinerlei Entschädigung hoffen. Im Gegenteil: Die Zahl der neuerlichen Verhaftungen nach § 175 überstieg in den ersten zehn Jahren der BRD bei weitem die Zahl der Verhaftungen während der Weimarer Republik und lag Ende 1959 bei über 30 000.

**1969** Erst vierundzwanzig Jahre nach Ende der NS-Diktatur wurden in der BRD homosexuelle Beziehungen zwischen erwachsenen Männern straffrei. Der reformierte § 175 bestrafte jedoch weiter Männer über 18 Jahre, die mit Männern unter 21 Jahre sexuelle Kontakte hatten. Erst nach 1969 wurde es in der BRD möglich, dass homosexuelle Männer und Frauen sich offen organisieren und für ihre gesellschaftliche Achtung arbeiten konnten.

**1971** Im Zweiten Deutschen Fernsehen (ZDF) wurde der aufrüttelnde Film »Nicht der Homosexuelle ist pervers, sondern die Situation, in der er lebt« des jungen Filmemachers Rosa von Praunheim ausgestrahlt. In dem Film wurde zu einer Selbstorganisation homosexueller Männer und zum Aufbau einer politischen Schwulenbewegung aufgerufen. Vor allem in Universitätsstädten griffen junge Leute diese Idee auf. Erste schwule und lesbische Aktionsgruppen und Initiativen entstanden.

**1973** Obwohl in diesem Jahr eine Ergänzung zur Reform des § 175 bewirkte, dass sexuelle Kontakte zwischen Männern über 18 Jahre einheitlich straffrei waren, entsprach dies nach wie vor nicht dem Bewusstsein der Bevölkerungsmehrheit. Wissenschaftliche Umfragen belegen, dass bis heute homosexuelles Verhalten bei Bevölkerungsmehrheiten nur versteckt geduldet wird und offen auftretende homosexuelle Jungen und Männer, aber auch Mädchen und Frauen, mit aggressiven Reaktionen rechnen müssen.

Die psychische Arbeit des Akzeptierens der eigenen Homosexualität ist unter diesen gesellschaftlichen Bedingungen eine nach wie vor schwere seelische Belastung, bei der die meisten homosexuellen Jugendlichen noch immer allein gelassen werden: Die Anzahl versuchter und gelungener Selbstmorde ist bei homosexuellen Jugendlichen mehr als doppelt so hoch wie bei gleichaltrigen heterosexuellen Jugendlichen. Sie ist am höchsten zwischen dem 16. und 18. Lebensjahr.

**1981** Seit dem Auftreten der Immunschwächekrankheit Aids und einer Zunahme rechtsextremer und nationalistischer Strömungen bei weiten Teilen der Bevölkerung ist durchgängig ein Anwachsen von Gewalt gegenüber Homosexuellen zu registrieren. Selbst wenn insgesamt das Thema Homosexualität in den Medien seinen Sensationswert verloren hat und einige positive Filme und Bücher halfen, ein realistischeres Bild zu zeichnen, so ist die Verbindung von Homosexualität und Kriminalität (»der homosexuelle Lustmörder«) noch immer ein beliebter Kaufanreiz der Boulevardpresse. In Schule und Jugendarbeit gehört – vor allem unter männlichen Jugendlichen – das Schimpfwort »Schwuler« keineswegs zu den ungewöhnlichen. Eine Hilfe bei der Identitätssuche homosexueller Jugendlicher findet sich bislang in keinem Lehrplan und wird bisher beinah ausschließlich der Eigeninitiative von schwul-lesbischen Beratungsstellen überlassen, die in der Regel nur in größeren Städten zu finden sind.

**1989** Im Juli 1989 wird in der damaligen DDR der bis dahin noch bestehende Sonderparagraf für Homosexuelle abgeschafft.

**1990** Für eine Übergangszeit wird im vereinten Deutschland auf dem Gebiet der ehemaligen BRD der § 175 noch weiter bestehen, auf dem Gebiet der ehemaligen DDR nicht.

Während in anderen europäischen Ländern wie Schweden, Dänemark und den Niederlanden sogar Gesetze bestehen, die eine Diskriminierung von Menschen auf Grund ihrer sexuellen Orientierung bestrafen, wird in Deutschland noch der politische Streit darüber geführt, ob ein Sonderparagraf 175 für Homosexuelle weiter bestehen soll.

**1991** In den Koalitionsvereinbarungen der neuen christliberalen Bundesregierung wird festgelegt, den § 175 in der kommenden Regierungszeit abzuschaffen. Geplant ist eine neue Gesetzesregelung, die das so genannte »Schutzalter« für sexuelle Beziehungen für hetero- wie homosexuelle Menschen auf 16 Jahre festlegen soll.

**1994** Der § 175 wird offiziell abgeschafft in Deutschland. Es gibt vor dem Gesetz keinen Sonderparagrafen gegen Homosexuelle mehr.

**1995** Ein Antrag der Fraktion von »Bündnis 90/Die Grünen« im Deutschen Bundestag, den § 175 als »nationalsozialistisches Unrecht« anzuerkennen und damit eine großzügigere Entschädigung für NS-Opfer zu ermöglichen, wird abgelehnt.

Durch neuere Veröffentlichungen (vor allem der Historikerin Claudia Schoppmann) wird deutlich, dass lesbische Frauen ebenfalls in der NS-Zeit verfolgt wurden, wenn auch nicht mit einem eigenen Gesetz und im gleichen Umfang wie die Männer.

**1996** Nach der Befreiung von der Apartheid wird in Südafrika als erstem Land der Welt die Diskriminierung aufgrund von »sexueller Orientierung« in der Verfassung untersagt und die Rechte von »sexuellen Minderheiten« damit ausdrücklich geschützt.

**1997** Die Menschenrechtsorganisation *Amnesty International* veröffentlicht einen Bericht, nach dem in neun Ländern der Welt die Todesstrafe bei Homosexualität besteht, in vielen Ländern mehrjährige bis lebenslange Haftstrafen und in noch mehr Ländern Überfälle auf lesbische Frauen und homosexuelle Männer mit Duldung oder auch Unterstützung offizieller Stellen wie zum Beispiel der Polizei stattfinden.

**1998** Nachdem homosexuelle Frauen und Männer ihre Partnerschaften in mehreren europäischen Ländern wie etwa Dänemark und den Niederlanden offiziell anerkennen (und so auch schützen) lassen können, werden entsprechende Initiativen in einigen Bundesländern Deutschlands (u. a. in Hamburg und Nordrhein-Westfalen) eingebracht.

**2000** In den USA erregt im Frühjahr der nördliche Bundesstaat Vermont internationales Aufsehen, als dieser als Erster die gesetzliche Anerkennung homosexueller Partnerschaften in Form von »Civil Unions«, die auch das Recht auf Adoption von Kindern einschließen, einführt.

Im Sommer legt die sozialdemokratisch-grüne Bundesregierung in Deutschland einen ersten Gesetzentwurf zur Anerkennung homosexueller Partnerschaften vor. Die CDU/CSU-Opposition kündigt Widerstand an.

Der Deutsche Bundestag verabschiedet eine Erklärung, wonach die Verfolgung und Verurteilung von Homosexuellen nach §175 und §174a als »nationalsozialistisches Unrecht« anzusehen sind und danach Verurteilte nicht mehr als vorbestraft gelten dürfen. Eine entsprechende Entschädigungsregelung für die betroffenen Opfer ist damit nicht verbunden.

## Der Kampf um ein neues Leben nach dem Überleben

Europa nach dem Zweiten Weltkrieg. Eine Gruppe junger Juden, die die Verfolgung der Nazis überlebt haben, reist nach Frankreich in ein Ausbildungscamp für jüdische Einwanderer nach Palästina. Der Kibbuznik Amnon soll sie auf das Leben im Gelobten Land und die bevorstehenden Kämpfe mit den britischen Besatzungstruppen vorbereiten. Den eigentlichen Ernst der Lage erkennen die Jugendlichen aber erst, als ihr Schiff während der Überfahrt geentert wird.

Shammai Golan
**SCHATZ KOMMT**

Für Leser ab 14

OMNIBUS Nr. 20518

OMNIBUS

Der Taschenbuchverlag für
Kinder und Jugendliche von Bertelsmann

# »Niemals vergessen!«

Stéphane Bruchfeld / Paul A. Levine
**ERZÄHLT ES EUREN KINDERN**
Aus dem Schwedischen von Robert Bohn
Bearbeitung der deutschen Ausgabe: Uwe Danker
Jugendbuch ab 12 Jahre
Mit zahlreichen Fotos, Dokumenten, Karten

ISBN 3-570-**12531**-9

Das Buch stellt eine Verbindung zwischen Einzelschicksalen und der historischen Wirklichkeit unter dem NS-Regime her. Erarbeitet von jungen Wissenschaftlern des Zentrums für Holocaust-Studien an der Universität Uppsala im Auftrag des Projekts »Lebendige Geschichte«, das unter der Schirmherrschaft des schwedischen Ministerpräsidenten steht.

CB
**C. Bertelsmann**
Jugendbücher